踊れ！文芸部

キタハラ
KITAHARA

KADOKAWA

踊れ！文芸部

3年D組 クラス名簿

沢本カズオミ
（サワもん）
友情永遠 / 文芸部

川地オサム
（カワちん）
前途洋々 / 文芸部

赤木ユウヤ
（アカくん）
勇気凛々 / セパタクロー部

小林ダイスケ
（コバやん）
緊褌一番 / 文芸部

渡シロウ
（ワタリ）
正々堂々 / サッカー部

津川リョウスケ
（ツーさん）
結果最高 / バスケ部

石原ヤスユキ
（イシハラ）

山内ミツル
（ヤマ）

高橋ハルキ
（ターちゃん）

和田リツ
（ワっち）

杉山コウタ
（スギちゃん）
軽音楽部／大器晩成

木下トモヒロ
（キノっぴぃ）
軽音楽部／愛情一本

三橋ヨウヘイ
（ミったん）
剣道部／平穏無事

岡田タカシ
（オカどん）
演劇部／健康第一

長門レン
（ナガトゥー）
美術部／開運祈願

浜田マサミチ
（ダーハマ）
バレー部／家庭円満

青山ミキオ
（アオたん）
水泳部／天地神明

葉山ヒロム
（ハヤマン）
水泳部／一気呵成

宍戸ジュン
（シシド）
陸上部／唯我独尊

二谷キンジ
（ニタニ）
陸上部／天上天下

担任　西河タイチ

装画・挿絵　福満しげゆき
装丁　bookwall

目次

CONTENTS

あしたのために　その1

みんなあくびをしていた。

文化祭となれば生徒たちは普通、日頃の騒ぎ以上に盛り上がろうとする。だがこの私立一高等学校という男子校の文化祭に、まったく華やかな雰囲気はなかった。

おまつりなんだから、もう少しなんとかしろよ、と来場者は校門をくぐった途端に物足りなく感じ、迎える側は、これでも精一杯なんですよ、といじけた笑いを浮かべた。開かれた日のはずなのに、期待はずれと情けなさで学校全体の空気が重苦しく澱《よど》んでいた。これ、なんのためにやってんだ、と誰もが思った。

「なんか、つまんない」

お世辞を学んでいない子供に率直なコメントで煽《あお》られても、生徒はうなだれるよりなかった。

なにせ学校側が、飲食を販売するな、アトラクションのようなものは事故を起こす可能性があるので控えよ、近隣の迷惑になるような騒音行為を起こすな、ごたごた無駄に飾り立てるな、と娯楽要素をほぼ禁じていた。どこの教室を覗《のぞ》いても、展示に気合いが感じられない。

高校受験を控え、下見にやってきた近所の中学生は、「やっぱり噂《うわさ》通りだ。絶対にイチ高になんて通うことにならないよう、勉強しなくっちゃ」と胸に誓って帰っていく。その決意は、在校生たちも数年前に抱いたものだった。

まだ文化祭らしい頑張りを見せているのが、講堂で行われている文化部の発表だった。ちょうど一番の目玉である演劇部の公演が終わろうとしていた。学校に女子は一人もいないので、冒頭でかつらを被《かぶ》った半端な女装姿の生徒が登場したときにはひと笑いも起きた。しかし棒読み気味の長台詞《ながぜりふ》や、うまくもない会話のキャッチボールは、観客の眠気を誘った。やっと終わってくれたと、首を回す者もいた。

次の演目が始まる前に退散しようと、観客が立ちかけたときだ。

「ちょっと待ってくださいっ！」

司会進行のアナウンスを無視して、学ジャー姿の生徒が三人、舞台袖から飛びだしてきた。

「五分だけ、観《み》ていってください！」

声の主は三人組の真ん中にいた生徒だ。

そこまで言うのなら、と再び腰をおろす気のいい客もいた。パンフレットを見ると、次の演目は『文芸部による朗読。太宰治の「駆け込み訴え」他』とある。やっぱりさっさと出ていけばよかった、と客は少し後悔した。村芝居の次は下手《へた》くそな朗読か。そんなもの楽しいはずがない。

それにしても、舞台に立っている三人の風貌は、文芸部というより、運動部にいそうだ。妙に思い詰めていて、これから小説を読む、という雰囲気ではない。そもそも、彼らはこれから読むべき本を携えていない。

三人がポケットに両手をつっこみ、棒を取りだした。戦隊ヒーローにでもなったつもりなのか、格好つけた決めポーズをしだした。

「始めます！」

そう宣言して起こった異常事態に、会場がざわめいた。

アニソンが大音量でかかったのだ。春にヒットした、誰もが一度は聴いたことのある曲だった。

三人の手先が光った。彼らが持っていたのはペンライトだった。中心にいた生徒が、天井に向かって、自分の存在を示すように、右腕を掲げた。いったいこれのどこが、太宰治の朗読なのか。両脇の生徒たちもペンライトを振り始めた。

曲に呼ばれ、いったいなにが起きたのかと講堂に人が集まってくる。

観客は舞台上のパフォーマンスを、口をぽかんとあけて眺めることしかできなかった。

はじめ不揃《ふぞろ》いだった動きが次第に揃いだした。いつのまにかペンライトに意思があり円を描いているかに見えてくる。そのまま得体の知れないほうへと飛んでしまわないよう、三人はなんとか放さないでいる。そんなありえない錯覚を起こしそうになるほどさまざまに動いていく。彼らは歯を食いしばっていて、大股で、腕を遠くまで伸ばしている。遠目からでも真剣そのものであることが伝わってくる。舞台から発する気迫に観客は頬を叩《たた》かれた。集中して観ていると、まるで静電気が走ったような痺《しび》れを感じる者もいた。

派手なパフォーマンスは、音楽と共に、場内を興奮状態へ追い立てていった。観客は繰りだされる技の数々がどんなものなのかわかってはいない。しかし、足を踏ん張り全身で大きく振り切っていく三人、矢継ぎ早に変わっていく光の動きに、心を奪われた。

綺麗《きれい》だ。

みんな、自分がいま見ているものを、どう解釈すればいいのかわからなかった。なにをしているのか、いちおうわかる。ペンライトを振り回す、オタクがライブ会場でやっているやつ。ほとんどの人が、そのくらいの認識しかない。はなから相手にしない、やっているやつの気が知れない行為のはずなのに、彼らのサイリウム・ダンスを見ているうちに戸惑いを乗り越え、妙な感動が芽生えだし、自分が揺さぶられてくる！

人間が真剣になにかを表現をしようとしている姿を、からかう者はいなかった。

あっという間に曲は終わった。

踊り終えて、息を切らしている三人が、なにを言いだすのか、観客は注目した。

「ありがとうございました！」

深くお辞儀をすると、大きな拍手が起こった。その音を浴びて、三人はやっと、表情を和らげた。

「ぼくら、文芸部は、来年、高校生パフォーマンスフェスティバルに出場します！」

中心のリーダーらしき生徒が緊張しながらも、力強く宣言した。口にした以上後戻りなんてしない、そんな真剣な表情を浮かべた。

「でもまだ応募しただけで、本戦の野外ステージで踊れるかは未定なんですけど！」

横にいた色白の生徒がマイクに口を近づけて付け加えた。

「絶対優勝するんで」

もう一人の色黒で一番背の高い生徒がマイクを使わずに怒鳴った。

「理事長、いますか？　いませんか？」

真ん中の生徒が叫んだ。観客たちもあたりを見回した。

客席の真ん中に座っていた老婦人がゆっくりと、優雅に立ち上がった。観客の不躾《ぶしつけ》な視線になど、びくともしない。

「理事長、見ていてください。絶対に優勝して、この学校の名前を日本どころか、世界中に知らしめますんで！」

客席からの歓声が最高潮となった。この珍事に思考停止となっていた教師たちが、やっと我に帰った。「静かにしろ！」「文芸部！　なにをやっているんだ！」と怒鳴りつけた。

「およしなさい」

老婦人が止めた。腹を押さえて、顔を伏せると、肩を震わせた。

「え、大丈夫、ですか？」

さっきまで威勢が良かったというのに、舞台にいた生徒は、自分たちがショックを与えたのではないかと心配して声をかけた。

「マイクをちょうだい」

どうやらおかしくてたまらなかったらしい。教師が持ってきたマイクを受け取り、理事長は壇上の三人に向かってしゃべりだした。

「なかなかユーモラスな『駆け込み訴え』ね。わたしが若い頃に読んだものとは随分違うみたい。帰ってから読み直してみます」

はじめは笑っていたのに、次第に顔が険しくなっていく。「まだ、あの約束を覚えていてくれたこと、気に入りましたよ。あなたたちがそんな軽薄な踊りでどうやって有名になれるのか、楽しみにしています。以上」

マイクのスイッチをオフにして、理事長は座った。

「えーと」

先ほどの勢いを失ったステージの三人は、このサプライズのパフォーマンスをどう締めようかまでは考えていなかったらしい。

「……次は、落語研究会です！」

真ん中の生徒の代わりに色白の生徒が言った。

「じゃ、退散ってことで」

色黒のほうが締めると、三人は逃げるようにステージの袖にひっこんでいった。

「川地《かわち》！　沢本《さわもと》！　小林《こばやし》！」

教師の一人が、生徒たちの名前を叫びながら、壇上に上がって、後を追いかけていった。


彼らが入学した日に遡る。

川地オサムはまったく納得がいかなかった。べつに入りたくもない高校の入学式に、いま自分はいる。なぜこんなことになってしまったのか。模試で合格圏内だった第一志望の花岡《はなおか》高校ではなく、よりによって、家から近いだけが取り柄の低偏差値校に入学する羽目になるなんて。

仏頂面でいると、隣に座っている沢本カズオミが肩を突《つつ》いた。

「すごい発見しちゃった。校長、教頭、主任の順で髪の毛薄くなってるよ。普通逆じゃない？」

なにか見つけるたびにやたらと小声で話しかけてくる。自分と一緒に高校に通うのが嬉《うれ》しくてたまらないらしい。なにせ、進路志望のときもさんざん揉《も》めた。どうしたって受からないと止められたのに、「カワちんと一緒がいい」とハナ高を受けたのだ。沢本はもちろん落ちた。川地のほうは試験会場に向かうことができなかった。

とりあえず、この三年間はできるだけ穏便に過ごそう、と川地は決めていた。目立たず、のんびり過ごす。それだけが望みだった。

あたりの生徒たちも、べつに高校生になれて、これからを期待し顔を輝かせているようにも見えなかった。なにせ、イチ高に入ってしまったら、これから三年、お先真っ暗なのだ。

偉い人たちのやたら長い祝辞も終わり、在校生代表による校歌の披露が始まった。終われば、式はお開きとなる。

この曲を自分が愛着を持って歌うことなんてできるのだろうか、とぼんやり歌詞の書かれたプリントを眺めた。

『青春讃歌《さんか》』なんてご大層な題名がついている。もう少しタイトルをゆるくしてみたらどうだろう。『アオハル讃歌』なんてどうだ？ ぼんやりしているうちに、歌は終わった。

講堂の後ろのドアから勢いよく一人の男が駆けこんできた。

「理事長に質問があります！」

男が挑むように壇上に向かって怒鳴り、会場がざわつきだした。

突然の闖入者《ちんにゅうしゃ》に慌てる教員たちを、一人が立ち上がって制した。

「なんでしょう」

さっき祝辞を述べていた理事長が、マイク越しに訊《たず》ねた。この人は他の連中と比べてスピーチが短く、好印象だった。だがどこか投げやりで、祝うつもりのない態度を感じとり、川地は聞いていて笑ってしまった。

また親の金しか取り柄のないバカどもが収容されてきた、と思っていそうだ。ここは義務教育でもなければ公立でもない、面倒なお客様のお相手をして差し上げる、と言いたげだった。

「この高校が、廃校になるという噂は本当ですか！」

語尾が疑問形ではなかった。

「そんな噂はない」

でっぷりと太った校長が、顔を真っ赤にさせて怒鳴り返した。こいつはやたらと長々としゃべっていた。高校生としての誇りだとか、歴史ある我が校の名を背負って、とか。テンプレート通りなのが見え見えだった。耳から耳へ素通りしただけで、なにも響かない。

理事長は校長を一瞥《いちべつ》し、それから、講堂全体に向かって、

「その可能性はあります」

ときっぱり言った。

「どういうことですか。ぼくらの通っていた高校がなくなってしまうなんて！」

下から威勢よく理事長と対峙《たいじ》している男のほうが、なんだか嘘《うそ》くさかった。異議申し立てしていることに酔っているみたいに、川地の目には映った。

「あなたはたしか——」

「三月に卒業しました！」

やっとおさらばできたのに、学校に乗りこんでくるなんて、暇か。川地にはまったく気持ちがわからなかった。

「この高校は、先代の理事長が『世界に通用する人材を育成するため、質実剛健な日本男児のため』に作られました。でも、いまはどうでしょうか。昭和の時代、この学校はたしかにその理念に向かって厳しく教育を施し、生徒たちはそれに応えて非常に優秀でした。ですがいつのまにか、レベルは低下、国公立大進学者も減り、スポーツや芸術でも秀でた者は見当たらなくなりました。いまではすっかり全体の学力や精神性も底をついて、厳しい校則は、落伍者《らくごしゃ》の更生のため、なんて世間で囁《ささや》かれています」

自嘲気味だ。責任は自分になく、生徒たちのほうだという態度だった。

老人の横で、口を挟めずにまごついている校長の姿が笑えた。

「まるでぼくたちが悪いと言っているように聞こえます！」

講堂にいる生徒全員が、「こりゃ分が悪い」と卒業生に同情した。貫禄《かんろく》負けだ。ダサいったらない。

「いま、なにタイム？」

隣にいた沢本が耳打ちした。

「余興かな」

川地は吐き捨てた。

正直くだらない、としか思えなかった。気に入らない高校に入学して、変な揉め事が目の前で起きている。

「わたしたちは、教育に失望しています。気骨のある若者が育たないのは、自分たちのせいではないか。理想を曲げて時代の変化に忖度《そんたく》しなければならないのか、と無念でなりません。現在は、廃校の方向で話を進めている、とお伝えしておきましょう」

理事長は毅然《きぜん》と答えた。

すごい、語り口は謝罪風でも、まったく自分に責任はない、と言っている。

「学校側が変わるつもりがない、と言っているようなものじゃないですか」

「変わる？　変わるべきなのはあなたたちでしょう。怠惰に過ごして、なにを成し遂げることなんてできますか？」

「生徒たちが功なり名を遂げれば、学校は存続してもいいということですか」

男と理事長は睨《にら》み合《あ》った。講堂全体が沈黙した。

「そうね、我が校が復活する兆し、のようなものがあれば、わたしたちも真剣に生徒と向き合うことを約束しましょう。これまで卒業生たちを見てきて、どこか一芸に秀でている者は見かけませんでしたよ。あなたたちは文句ばかりを垂れて、他人や環境のせいにばかりして、自分たちは悪くないと主張してきただけでしょう。年上の人間を批判するだけで、自分からはなにも変えようとしなかった。そんな人たちが、先代の思いを遂げるようなことをできるとは、残念ながら思えません。十代のあなたたちに、そんな厳しいことを告げるのは間違っているかもしれませんが。さっきも述べましたけれど、三年という高校生活は長いようで短いです。ところであなたは在学中になにか有益なことをしましたか？」

問われて、さっきまで威勢の良かった男もすっかり怯《ひる》みだしているように見えた。ライフゲージは限りなくゼロ、あと一発攻撃されたらゲームオーバー。

これでは赤っ恥じゃないか。

理事長の言葉は、やりとりを聞いている新入生たちからすれば、「せいぜいおとなしく生きておけ」と釘《くぎ》を刺されたようなものだった。

おーけー、その通りにさせていただきます。大学受験で人生リセットします。とりあえず、読みたい本もたくさんあるし、スマホ禁止だけどタブレットがある。動画を観《み》ていたらあっという間に卒業を迎えるだろう。

「では、三年待ちましょう」

理事長は咳払《せきばら》いして言った。

「どういうことですか」

当初の勢いをすっかり失った卒業生は、困惑していた。

「今日入学してきた一年生たちが卒業するまでに、なにかを成し遂げてくれたなら、撤回します。学校の宣伝にもなりますしね」

新入生たちは、突然の無茶《むちゃ》振りにぽかんとしていた。

どちらかといえば、生徒たちよりも、壇上にいる教師や関係者たちのほうが慌てているように見えた。

「あなたは卒業生なんだから、署名を集めるくらいのことしかできないでしょう。そもそもうまくいくかしら？　そういう気持ちも大事にしたいですけれど、しょせんはただのセンチメンタリズムです。それよりあなた、たしかいま浪人生よね。まずは受験勉強を頑張ってみるといいでしょう。いまのあなたの立場では、自分の境遇から目を背けた落ちこぼれとしか思われませんよ」

理事長は壇上から降りて、卒業生にマイクを渡した。

「この重大な任務を担うことになった新入生に、あなたからお祝いの言葉をどうぞ」

立ち往生している卒業生に、一同は注目した。決意したように、彼は語りだした。

「みなさん、入学おめでとうございます。みなさんは、この学校に、べつに入りたくもなかったと思います。滑り止めでしかたなく、という人ばかりでしょう」

声が震えている。この人はいったいどういうつもりでやってきて、なんでいま、自分たちに向かって失礼なメッセージを話しているのか。

もし自分がそんな立場に置かれてしまったら、最悪だ。

「この学校は、いま、偏差値も低い。そのくせ校則だけは厳しい。長髪も髪を染めることも禁止、スマホはそもそも所持してはいけない。そのくせこれから、伝統の寒中水泳だの、修学旅行だって自衛隊の訓練みたいな富士山登山、まるでいいことなんてありません。近所の女子校の生徒とちょっと外で話しているだけで、呼び出しをくらいます。こんなことを入ったばかりのみなさんに言うのもなんですが、むさくるしい男たちしかいない、救いようのない場所です。生徒たちは陰で、世田谷《せたがや》刑務所と呼んでいます。脱獄もできません。みんながみんな、出所できるのを待ち望み、模範囚ぶって過ごしています。卒業したら、すぐにここにいたことも忘れてしまうことでしょう。でも、だからといって、自分の出身校がなくなってしまうのは悲しいものです。だから、みなさん、頑張ってください」

男は深々と礼をした。マイクを戻すと、講堂から一目散に去っていった。

逃げたようにしか見えなかった。

「なんだこりゃ」

講堂にいた一年生たちはざわめくことしかできなかった。

なにか成し遂げろ？

俺たちが？

頼むから変な責任を負わせないでくれよ。

「さて、みなさん、卒業生の先輩も、みなさんの活躍を期待しているようですよ。頑張ってくださいね」

いくら笑顔を浮かべても、嫌味《いやみ》にしか聞こえなかった。


「なんかさー、ちょっとウルッときちゃった」

オリエンテーションを終えて、川地たちは身体測定のために廊下を歩いていた。

「なにがだよ」

川地は腰を叩《たた》いた。座りっぱなしで身体《からだ》がだるい。

「あの卒業生の人、かわいそうで」

「無理だろ。まあ俺たちのなかにガリ勉とか、めちゃくちゃ運動神経いいやつがいるかもしんないけどさ」

こんな学校にいたら、もうなにもかもが無理だ。「部活も全国大会進出したなんて話を聞かないし、そもそも真剣にスポーツするやつがきているとも思えないしな」

「そうだ、カワちん部活どうすんの」

「あんま入る気も起きないなあ」

「全員どっかに入らなくちゃなんないんでしょ」

沢本が窺《うかが》うように顔を覗《のぞ》きこんだ。

「同じ部活に入らないでもいいって」

「別々になったら一緒に帰れないもん」

沢本のこのつきまといは、川地を心配しているのだ。

自分が第一志望の高校に入っていたら、なにかが変わっていたような気がする。また三年間、沢本にくっつかれて過ごすのか。ありがたいけれど、うとましくもある。これはもう、運命というより前世のカルマかもしれない。

「どこにすんの？」

「文芸部」

「カワちん、本を読むのに群れるとかバカくさいって言ってなかったっけ」

「動くのかったるいし、ほかにやりたいこと、ねーし」

身体測定で生徒たちは下着一枚になった。川地はTシャツを着たまま受けた。事情を知らない生徒たちの視線を、川地は気にしなかった。沢本のほうが周囲の目を気にしていた。

「サワもん、なんか言われたら、わかってるよな？」

川地は言った。

「うん」

沢本が神妙な顔で頷《うなず》いた。そして人に聞こえるように、「やけど大丈夫？　痛くない？」と川地の背中をわざとらしくさすりだした。下手《へた》くそな芝居に、川地は黙って顔をしかめた。

そのやりとりを耳にして、一人の生徒が厳しい目つきで二人を見ていた。


職員室で担任の西河《にしかわ》に、文芸部の入部届を出したときだ。

「ふむ、三名か」

「ぼくら二人ですけど」

「あと一人、俺がスカウトしておいた」

ちょうど職員室に、さっき教室でかったるそうにしていたやつが入ってきた。オリエンテーションで自己紹介の番がまわってきたときも、「小林ダイスケ」と無愛想に名乗るだけだった。同級生と親しくするつもりなんて、まったくなさそうだった。

「用ってなんすか」

長身で整った顔つきをしている。というか、高校生にしては顔に幼さがない。沢本と並ぶと、同い年のはずなのに違和感しかない。

「お前も文芸部に入れ」

「入るなんて言ってねえし」

小林は顔をしかめた。

「人数合わせだ。幽霊部員でいい。とりあえず部室まで案内するわ」

西河が面倒そうに立ち上がった。

「えーと、文芸部の顧問ってもしかして」

川地は恐る恐る訊《たず》ねようとした。ゆるい部活なのはちょうどいいが、顧問がはなからやる気なしなのはどうなんだ。

「俺だ。で、部員はお前らしかいない。最近の若いやつは小説なんて読まないし、創作なんてわざわざ部活でしないでネットにあげるからな。カタカナの名字だけのペンネームとかつけて、隠れてシコシコ書いているんじゃないか？　お前らがこなかったら廃部になるところだった。あと一人部員が必要だから、適当にスカウトしといてくれよ」

川地と沢本は目配せした。二人の気持ちが一致しているのはわかった。

『やばいかも』

小林は、興味なさそうにあとからついてきた。

文芸部の部室は、本棚に囲まれていて、空気がこもっていた。

「なんか埃《ほこり》っぽい」

沢本は鼻を動かしながら言った。「ぼく、鼻が敏感なんだけど」

「だったら掃除でもしといてくれ」

西河はしれっと命じて、そうだ、ちょっと待ってろ、と出ていってしまい、三人は部屋に取り残された。

「えーと、小林くんは、なにか本を読むの？」

恐る恐る沢本が訊ねた。

小林は沢本を一瞥《いちべつ》すると、そのまま古びて端が破けている安ソファに寝転んだ。まるでずっとそうしてきたかのように自然だった。

しばらく二人が返答を待っているうちに、小林は目を瞑《つぶ》ってしまった。答える気がないことはわかった。

川地たちも適当に椅子に座り、西河を待った。しゃべりづらい雰囲気に緊張したのか、沢本が貧乏ゆすりをし始めた。

「サワもん」

川地は小林を気にしながらたしなめた。

用具入れの扉に、古びた神社の札が貼られていた。かろうじて端がくっついていて、風もないのにひらひらと揺れていた。おんぼろ校舎だし、どこかに隙間でもあるのかもしれない。あとで貼り直してやろうと、川地はその札をひっぺがした。

暇だし言われた通りに掃除してやるか、と掃除用具入れをあけたときだった。

思いもよらないものが、いた。

なかに、太った男が窮屈そうに入っていた。

「は?」

川地はびっくりして、腰を抜かして尻餅をついた。

「カワちん?」

沢本が駆け寄り、そして小林が面倒そうに起き上がった。

「いやー、まさか西河がくるとは思わなかった」

太った男が周囲を窺いながら出てきた。中年、のようだが皮膚が伸びているおかげで、年齢不詳だ。陽《ひ》に当たっていないのか肌は青白かった。

「誰ですか、え?」

川地はなんとか、質問を口にした。

「ああ、ぼくはね、文芸部に以前いた、きみらの先輩で中平《なかひら》っていうんだなあ」

「以前って、でも」

沢本の言葉は続かなかった。どう見ても、オジさん。確実に十以上、年が離れている。「いつの話だよ」である。

「ずっと待機していて喉が渇いちゃったよ。ジュース買ってきてくんないかな。下駄箱《げたばこ》のそばにある自動販売機、紙パックのフルーツ・オレでいいや」

唐突に年上からカツアゲされている。この異常事態に、三人は固まってしまい、身動きできなかった。

「ああ、わかったお金ね、お金」

中平は尻ポケットを探りだした。

「ないや、ごめん、代金はあとで返すから」

「あの、その前に」

沢本が恐る恐る言った。

「なんだい?」

「なんで掃除用具入れにいるんですか?」

「いたんですか、だなあ」

中平はさっきまで小林が寝ていたソファに座りこんだ。「ここはぼくの特等席」

三人は、この小太りの男が話し始めるのを待つことしかできなかった。

「あのね、顧問の西河っているじゃん、あいつ、ぼくの天敵なんよ。あいつに見つからないように隠れたってだけ。ぎりぎりいまの体型なら収納できるから、あの用具入れ。あと、ぼくを見たってことをもし西河にチクったら、大変なことになるから、絶対に内緒ね、しーっ！」

中平が唇に人差し指を当てた。

「先生と仲が悪いんですか」

川地は訊ねた。大人のいざこざになんて巻きこまれたくない。

「そういう細かいことは気にしなさんな。おいおい語ろうじゃないですか。とにかくね、喉がからむな……む！」

というや否や、その体型に似つかわしくない俊敏な動きで中平は掃除用具のなかに入った。

ドアが開き、西河が入ってきた。

「どうした？」

床に投げだされたモップと、呆然《ぼうぜん》と立ち尽くしている三人の生徒を、西河は不思議そうに眺めた。「掃除しろって言ったのに、余計に散らかして。これだから近頃の餓鬼《ガキ》は」

「いや、なんでもないです」

川地は慌てて、モップを拾った。

なんだ、これは。あのオジ、もしかして……忍びの者かなんか？

掃除用具入れに中平が隠れたまま、部活の説明が始まった。

まさかそのときは、中平が部室に年がら年中入り浸っていて、毎度後輩にジュースをたかってくるなんて、思いもしなかった。


温水プールでは体育の授業の真っ最中だった。プールサイドに一人だけ、ラッシュガードを身につけ見学している生徒がいた。

川地は足を伸ばし腿《もも》を揉《も》みながら、ぼんやり同級生たちが泳いでいる姿を眺めていた。水飛沫《みずしぶき》がきらきらしている。

「カワちん、大丈夫？」

身体からぼたぼた水滴を垂らしながら、沢本が近づいてきた。

「ん、大丈夫」

「いきなり溺れちゃうんだもん、びっくりしちゃったよ」

沢本が川地の隣に座った。

「足がつるなんて思わなかった」

いつものように飛びこんだというのに、その日は散々だった。

今日の朝、遅刻しそうになり世田谷線の駅まで走ることになってしまった。いつも乗っている電車にぎりぎり滑りこんだ。

混雑する車内で窮屈になりながら川地は探した。

いない。

沿線にある甲洋《こうよう》女子高校の女の子だった。彼女は川地のことなんて知らない。

彼女がいるかと探すようになったのは、二年生になってからだ。ある日、車内で横に立ったとき、彼女が熱心に見ているタブレットを気になって覗いた。

どうやら小説を読んでいるらしい。ついつい画面を盗み見てしまった。

あ、と思った。

川地が昨日読んだ文章がそこにあった。同じ小説を読んでいるのだ。

それ以来、彼女がなにを読んでいるのか気になってしまう。でも、声をかけることはしなかった。ただ、なんとなくだがこの人は、自分と似ているような気がすると勝手に思った。

あの女の子は別の時間に乗るようになってしまったんだろうか、と考えたら寂しくなった。


授業が終わり、みんながぞろぞろとシャワーを浴びて更衣室へと去っていった。

「サワもん、着替え持ってきて」

川地は言った。

「ちょっと待ってて」

沢本は急ぎ足で更衣室に入っていった。

川地はトイレで、沢本がやってくるのを待った。

もう九月も終わろうとしていたが、温水プールのおかげでこの学校では年中水泳の授業がある。もう別に川地がラッシュガードを身につけていても、誰もちょっかいを出してこない。事情があるんだろうな、と察してはいるんだろうが、みんな無関心を装い、とやかく詮索してこなかった。沢本と口裏を合わせていたのに、入学式以来披露することもなかった。川地は水泳のある日は朝からラッシュガードを着て登校し、授業が終われば、隠れて脱いだ。

一年のときの寒中水泳実習と、今年の夏にあった富士登山もなんとか背中を見せず、乗り切れた。週に一度の水泳の授業を、あと一年半我慢すればいい。

小林が入ってきた。

川地は小便器で用を足している小林の後ろ姿をぼんやり見ていた。

背中は広く、しっかり筋肉がついている。サッカー部のボス、渡《わたり》と張り合える見事さだ。こいつ、めちゃめちゃムキムキだけど、運動するのを面倒がって教室にいるときはずっと寝ている。夜な夜な公園で地元のヤカラとファイトクラブしているなんて、しょうもない噂《うわさ》を耳にしたこともある。謎が多くてみんなの想像力を刺激するんだろう。

隠し事なんて、みんな持っている。

気になる女の子がいる、ってレベルじゃなく、もっと根源的な、周りに対する負い目みたいなものを誰もが抱えている。

ぼんやりしていると、用を足した小林が振り向いた。

「なに？」

「いや、すごい背中だなって思って。漫画みたいで」

川地は言った。

「べつに、たいしたことねーだろ」

小林は水着を穿《は》いた。「なんかさ、ションベンしてから濡《ぬ》れた水着穿くと、損した気しねえ？」

「え？」

「いくら振って出しても、ションベンが染みてそうじゃん」

「もうべつに着替えるだけだし穿かなくてよくね？」

「たしかに」

小林は少し笑った。「背中、痛くないのか？」

川地はびっくりした。

「背中？」

「やけど」

急にそんな話題を振られ、川地は即答することができなかった。

小林は顔を逸《そ》らして、

「どうでもいいけど」

と言った。

「カワちん、お待たせぇ」

沢本が着替えの入ったナップサックを持ってくると、小林は入れ替わるようにして出ていった。

「なんかコバやんと話したの？」

不思議そうにしている沢本に、

「なんにもたいした話はしてない」

と答えた。「ちょっとだるいから、着替えたら部室で休もうかな」

川地は個室に入った。

そして、ラッシュガードを脱いだ。

誰にも、見られていないのに、いつだって、誰かに見られている気がする。急いでタオルで背中を拭いて、水着を脱ぐより先にTシャツを着た。

大丈夫、誰にも見られていない。それはわかっている。


二人が部室に忍びこむと、暗がりのなか、先客がいた。のっそりとソファから巨大な物体が起き上がった。

「よっ!」

OBの中平である。

「やっぱいた……」

川地は呆《あき》れて目の前のだらしない中年男を見た。

「いちゃ悪いかね、我が思い出の場所に」

だからって卒業生が気軽に居着いていいわけでもないだろう。

「まだ午前中ですけど」

三十過ぎと推定される中平が、平日の午前、寝転がって漫画本を読んでいる。その状況が、まずおかしい。

「今日はなに読んでるの？」

中平は川地に向かって手を出した。

川地は黙ってポケットに入れてあった本を渡した。

「ふーん、ベケットか、なかなか渋いねえ」

偉そうに表紙を眺めている。「カワちんは読書家だねえ」

中平は本をすぐに返した。

「現実に興味がないんで」

「ええっ、アニメの続きも？」

そこかよ。川地はため息をついた。

「どうも自分と世の中が隔てられているような気がしてならなくって」

くたびれていたのだろう、素直な言葉がこぼれた。

「それ、美少女が言ったらさまになるけど、凡庸なＤＫがぬかしたところで、周りを恥ずかしくさせるだけだぞ。本を読むのはいいことだけど、たまには書を捨てて町に出ていきなさいよ」

「カワちんだって、渋谷とか行きますよ」

沢本が得意げに言った。

「なにしに？　パルコ？　タワレコ？」

「月に一回、一緒にいろんな本屋さんをまわるもんね」

「うーん」

中平が笑った。「いいけど、もっとこう、アグレッシブにさあ」

「疲れるだけでしょ」

川地はむっつりとしたままだった。

やる気のない男子高校生たちと、偉そうに説教を垂れる大人しかいない学校が、川地のすべてだった。

偏差値は低いが、いちおう全員おとなしくしていたら推薦で大学に行かせてくれる、というのがウリなだけの学校だ。だから、いじめもない。みんな、他人に関心がない。退屈なのは、スマホを校内でいじれないからだけではない。

全員、どこか、諦めているのだ。この学校に入ったが最後、卒業するまで冴《さ》えないまんま。もしかして、卒業してからもずっと。この目の前のキモオジみたいに。

「近所の女子校の女の子でもナンパしたら？」

中平はいつだって適当な提案をする。

「カワちんは硬派だから、そういうのしないもん」

沢本が言った。朝、川地が女の子を目で追っているのを知っているのだ。

「放課後、久しぶりに集会でもしようか。ゴドーはこなかった、もしかして永遠にこないかも、そもそもゴドーとはなんなのか？　泣きたくなるくらいにこの世は不条理だねえ。以上、さぼらず授業に出なさい」

中平は二人を手で追い払った。

「なにが不条理だ」

川地たちは生徒たちが大騒ぎしている廊下を歩いていた。

窓の向こうを見ると、花壇で理事長が黙々と水をやっていた。首にタオルを巻き、麦わら帽子を被《かぶ》っていた。

川地は立ち止まり、その姿を見た。

なんとなくいい風景だ。

校舎で見かけると、いつだって背筋を伸ばし厳しい表情をして歩いている理事長が、草花を前にして顔を綻ばせている。

生徒たちは校内に花が咲き乱れていることを気にも留めない。校舎のあちこちにある花壇のどこかで、かならず花が咲いていることに川地だって最近気づいた。

理事長が丁寧に世話している姿を見かけるたびに、入学式のことを思いだした。

「もうみんな、忘れちゃったよね。この学校がどうなろうと知ったことじゃないし」

沢本が言った。

休憩時間ということもあり、教室のあちこちで生徒たちが集まって騒いでいた。

日中はまだ暑い。窓は開け放たれていても、教室全体がほんのりと汗臭い。

「いつくるんだろうね、イシハラ」

姿を見たことがないクラスメート、石原《いしはら》ヤスユキの席を見て沢本が言った。

石原は入学式には出席していたという。式後のオリエンテーションで教室に集まるときには勝手に早退していて、それから登校したことがない。

「あ、進路希望書、書くの忘れてた」

沢本がポケットから、くしゃくしゃになった用紙を出した。

「カワちんも、私立文系志望だよね」

「だな」

「じゃ、Ｄ組だ、そのまま推薦で一緒の大学だねえ」

かばんのなかにある進路希望書に、川地はまだなにも記入していない。

成績は悪くない。よくもないけれど。このままどこか適当な大学の推薦はもらえるだろう。でも、なんとなく自分の意思とか希望とは違う気がする。先が決まっていることは、なぜこんなにも、自分のやる気を吸い取ってしまうのか。

教室で好き勝手に過ごしている同級生を見回した。みんな、すでに将来を決めているんだろうか。

男子校というのはどうも、おかしい。異性がいないからなのか、なんだか頭が悪くなっていく気がする。そして門を入った瞬間、恥じらいというものが失われていく。異性のいない場所で、女性が想像する百倍、男は幼稚になる。バカと一言で言い表したら、バカがかわいそうなくらいだ。

かつてのイチ高はどうだったのだろうか。歴史と伝統ある名門校、なんて冗談としか思えなかった。

「そうだ」

川地は立ち上がり、教室の一番後ろの窓際で、腕を組み、机に足を投げだして寝ている小林のところへ向かった。

一瞬教室が静まった。

いつものことだが、川地は皆が注目するのが煩わしかった。

「コバやん」

川地が声をかけると、眠っていた小林の目が開いた。高校生とは思えないギラつきかただ。

「なに？」

「今日、文芸部の集まりがあるから、中平さんがこいってさ」

「りょ」

とだけ短く吐き捨て、小林は再び目を瞑《つぶ》った。

どうせこないに決まっている。それに行ったところでなにか議題があるわけでもない。逆にジュースをたかられる恐れがある。

川地が席に戻ったときには、教室の喧騒《けんそう》も元通りになっていた。

小林とまともに会話ができるのは、川地と沢本だけだった。他のみんなは小林を警戒していた。失言して機嫌を損ねやしないか、とびくついているのだ。

そんなことはない。小林はそこまで制御不能な暴力装置ではない。よっぽどのことがない限り、人を殴るなんてことはない。

体育のときだって、小林の入っているチームが負けたとしても、癇癪《かんしゃく》を起こしたことなど一度もないし、食堂で食いたいものが売り切れていたら午後はずっと不貞腐《ふてくさ》れているが、ただそれだけだ。

みんなは、「気を悪くさせたら殴られる」なんて怖がっている。中学のとき、傷害事件を起こした、とか教師を殴った、とか悪い噂《うわさ》が広まってしまっていて、陰で同級生たちは『三茶の狂犬』と呼んでいた。

沢本が言った。

「コバやん、どうせこないよね」

「部活したくて入っているわけじゃないから」

たまに三人で並んで歩いているものだから、文芸部の三人は、なにもしていないのに、『イチ高の三悪』扱いだ。小林とその子分AとB。

おかげで川地と沢本も、謎に恐れられていた。

非常に、居心地が悪いけれど、おかげでこの学校生活、まったく舐《な》められることも喧嘩《けんか》をふっかけられることもない。台風の目に自分たちはいた。中心は静かで穏やかだ。

授業開始のチャイムが鳴り、かったるそうに担任の西河が入ってきた。

ざっと教室を見回してから、

「じゃ、前回の続きから」

まだ喧騒が収まらない教室の雰囲気などまったく気にせず、出席もとらずに授業を始めた。

校則に関してはやたらと厳しいくせに、生徒たちが授業を聞かないことにはまったく関心がないらしい。

川地は帰り道、三軒茶屋《さんげんぢゃや》の書店で立ち読みするのを日課にしていた。どんな小説もドラマティックだ。そこにはさまざまな物語の流れがある。しかし、自分の世界には、ドラマと呼べるようなものはなかった。流れが滞っているように感じていた。

隣で沢本がムック本を広げていた。

「神社とかお寺とか行ってもオーラとかエネルギー、全然感じたことないんだけど、ほんとにそんなパワーあんのかなあ」

「なんで急にそんなことを言いだすんだよ」

「大学に行けるように一番効果ありそうなとこ探してる」

「神さまに頼まなくったって推薦で行けるだろ」

「幽霊とか、一生に一度は見てみたいもんだねえ」

「見たかねえよ」

「カワちん、推薦使わないとかないよね」

沢本が急に神妙な顔を向けた。

「わからん」

本当に、わからない。未来をイメージすることができない。

「受験勉強なんてタルいしさ、適当な大学、一緒に行こうよ。でさ、また四年一緒に遊ぼうよ」

川地は文庫を勢いよく閉じた。

「バイトでもしてみようかな」

川地はレジのほうを見た。顔馴染《かおなじ》みの店員が、つまらなそうに立っていた。この本屋だったら働けるかもしれない。わりと暇っぽいし。

「カワちんがここでバイトしたら、ぼく毎日通うんだけどなあ。ていうか一緒に働こうかな」

店を出てから沢本が言った。

校則でバイトは禁止だし、妄想に過ぎなかったけれど、なんにでも乗っかろうとする沢本がうとましくなった。

「カワちん、あのコいるよ」

沢本が遠くを指差した。

信号のほうに、甲洋女子の制服を着た女の子が立っていた。人混みでもすぐにわかった。

「ぼーっと見ておりますなあ」

隣で沢本が囃《はや》すのも気にならなかった。

信号が青になり、女の子はそのまま歩いていってしまった。

「ラッキーだったね、いつもは朝の世田谷線でしか会わなかったのに」

「いらんこと言うな」

女の子が信号を渡ると、背の高いスポーツマン風の男が走ってきた。そして二人は並んで歩いていった。

川地は二人の背中を見送るだけだった。

「あの制服、ハナ高じゃん。あいつもしかして、宝田《たからだ》？」

沢本が目を細めた。

「誰それ」

「ネットで有名なチャラ男」

「そっか」

みんな楽しそうだ。川地は下を向いた。

「試しにあのコに告白すればいいじゃん」

沢本が名案を思いついたみたいに言った。絶対できないだろうと、たかをくくっているのだ。

「なんでだよ！」

「小学生男子みたいに慌てないでよ。いいじゃん、ノリで。連絡先交換してさ」

「ラインないし、そもそもスマホ持ってないし」

言えば言うほど、名前も知らない彼女に好意を抱いているのがばればれだった。

「昔の人って携帯電話なしで待ち合わせしてたんだよね。どうやって人と会ってたんだろ。超能力でも使えてたのかな」

「俺たちのほうが魔法使いだと思うだろうな、板一枚でなんでもやっちゃって」

「だったら、スマホのないぼくらは、魔法を使えない愚かなマグルだね。でも」

「なんだよ」

「カワちんはスマホを持ってない、イチ高に通ってるバカだから女の子に見向きもしてもらえない、とか思ってない？」

たまにこいつは鋭いことをぬかす。

沢本が、「あっ」と口をあけた。なにか閃《ひらめ》いたらしい。どうせしょうもないことに決まっている。

「あれ読めば。部室の棚にあった、変なバインダー」

文芸部の本棚の一番下の隅に、バインダーがあった。背表紙にマジックで『チャート式青春』と書かれている。開くと「恋愛編」「学校生活編」「家庭編」などと仕切られていた。

これまで部室にいても、手にすることはなかった。なにやら禍々《まがまが》しいものを感じてしまっていた。

『恋愛編』を開こうとしたときだ。

「ついにきみも文芸部の本来の仕事に着手する気になったか」

背後から声がして振り向くと、中平が立っていた。

「なんでいるんですか」

気配をまったく感じなかった。神出鬼没である。

「まあまあ、いいから開きたまえよ」

中平にソファへ促され、川地は後悔した。

「いいかね、この『チャート式青春』は、わが文芸部員が、このイチ高での生活を正しく過ごすための手引書としてアップデートされ続けているしろものだ。虎の巻ってやつだな」

「へえ」

めくってみると、たしかにさまざまな文字でルーズリーフにびっしり書かれていた。

あるページが目に止まった。

『私立甲洋女子高校の生徒との交際の手引き』

川地はこの文字に釘付《くぎづ》けになった。そして、いつも行きの電車で会う女の子のことが頭に浮かんだ。

「なんじゃこりゃ」

「昔は近所の女子校生との交流が活発だったからね。しかし女性と隔絶した生活をしていると、異性との交際に臆病になりがちだ。よって、実践的なアドバイスをしたためているんだ」

中平が後ろから覗《のぞ》きこみ、偉そうに言った。

『女性というものは、男性に対して警戒心を持っているものである。たしかに我々男子は、その体内に野獣めいた欲動を抱えており、それらを抑えるべく勉学や運動、芸術活動に真剣に取り組まねばならない。女性との交際はそういった活動にたいして弊害もあり——』

「なんすか、これ」

読んでいて、いつの時代だ、と呆《あき》れた。誰が読むんだ、こんな超古代文献。

それにしてもこのずっしりとした重み。これは紙だけの重さではない。書いた連中による禍々しい怨念のせいかもしれない。捨てようものなら、お祓《はら》いしないと呪われそうだ。文字の羅列、としてだけ捉えよう。川地は流し読みすることにした。

「これは多分昭和時代のものだなあ。もう少し先の平成時代に書かれたやつまで飛ばしてもいいぞ」

『現在わが私立一高校は学力低下したことにより、名誉は地に堕《お》ちている。現在甲洋女子の生徒たちは、イチ高生のことを見下しつつある。また教員たちからもイチ高生を下半身を硬くさせた本能のまま暴れる猛獣扱いである。昨年より甲洋女子の学園祭に出入り禁止となったのは記憶に新しい』

「最悪……」

「まあ、時代の変化というものさ。質実剛健を売りにしてきたこの学校も、すっかり軟派な近所のハナ高に負けている。あっちはなんか制服もかっこよくなっちゃってさあ」

「たしかに、うちの高校の制服といったら」

昔ながらのやぼったい詰襟である。

近所にある、もう一つの男子校、私立花岡《はなおか》高校（通称ハナ高）は、なにやら有名デザイナーがデザインしたというブレザーだった。

「近所に男子校二つ、そして女子校一つじゃ、揉《も》めないわけがないもんな。それにイチ高とハナ高は昔から犬猿の仲ときたもんだ。ぼくが学生の頃に、三軒茶屋中を巻きこんだ大喧嘩、俗にいう『三茶事変』があったんだ。因縁がある」

絶対最近命名したんでしょ、とつっこむ気も起きない。

あの女の子はハナ高の男と一緒にいた。あのとき心臓が突かれたみたいにびっくりした。少女漫画じゃあるまいし、バカらしい。

「で、最新版はないんですか」

あとは古びた白紙のルーズリーフばかりだった。まったく更新されていない。

「アップデートしたくてもできないんだなあ」

中平が鼻で笑った。

「どういうこと？」

思わず川地は叫んだ。

「つまり、甲洋女子の生徒とまともに交際をした輩《やから》は、ここ十数年いないということだ」

「はあ……」

「ハナ高の連中になにもかも掻《か》っ攫《さら》われている。いまじゃあっちは『付き合ってみたい高校一位』『イケメンが多い高校一位』『文化祭に行きたい高校一位』だ」

「はあ」

ため息でしか返事ができない。

「聞きたくもないだろうが、イチ高は、ほとんどのランキングに入っていない。いうなれば完全になかったことにされている。封建的な校則、生徒たちも受け身で弱体化しちゃってるしね。しかもスマホ禁止で情弱。いいとこなし」

「ですね」

聞けば聞くほど情けなくなってくる。

「これまできみはこの部室でなにをしてきた」

中平が急に川地に矛先を向けた。

「とくになんにも」

たまに部室に寄ってみても、中平にジュースをたかられてしまうだけだった。

「この文芸部の使命をわかっちゃいないようだな」

「なんですかそれ」

「いいか、わが文芸部は、この『チャート式青春』をアップデートすることを目的としている」

初耳だった。二年の二学期に告げられても困る。

「そんなこと西河、言ってなかったですよ」

「自主的なものだからな。文芸部はきみたちが入ったとき、ちょうどメンバー全員卒業しちゃってゼロ人、このまま廃部決定のところを、きみとサワもん、コバやんと、もう一人が名前を貸したことでかろうじて部が存続した。きっとこれに呼ばれたんだろうな」

「入部希望者がまったくこないから、ぼくらが卒業したら廃部じゃないですか」

「そりゃコバやんおったら誰も入らんだろ」

たしかに。三茶の狂犬と呼ばれている小林がいるから誰も近寄らない。あいつはしかも時々授業をサボって中平と一緒になってソファに寝転んでいる。部室を自分専用の休憩所にしていた。

「ちょっと待って、もう一人って？」

三人の他に部員がいる？

たしかに、文芸部は三人しかいないのになぜか存続していた。本当は四人以上必要なはずだ。

「見たことないけど、たしか、嵐を呼ぶ男が。登校途中に事件にでも巻きこまれているのかねえ」

「誰すかそれ」

「石原プロ？」

川地は絶句した。

「まじすか」

「西河が担任だったから、小細工して入部させたんだ」

「それは……」

まったくやる気のない顧問だと見くびっていたが、意外と小狡《こずる》い。

「これを手に取ったということは、きみもなにか悩みがあるらしい。であるのならば、ぜひこれから、後輩たちのために『チャート式青春』をアップデートしてもらおう。ルーズリーフはたくさんあるから、ね」

中平はなにも書かれていないページを指で叩《たた》いた。

「絶対やなんですけど。めんどくさい」

川地は首を振った。

「ブログ感覚でもいいぞ？　自分の想《おも》いを刻みつけることは、己を見つめるよい機会になると思うけどなあ」

「書き残したって先があるかどうかわかんないじゃないですか」

川地はバインダーを閉じた。

「この学校がなくなるって話か」

中平が喉を鳴らした。

「そうですよ、もう時間もない。運動部だっていい記録を残したって話も聞かないし。サッカー部は渡が頑張っているけど、他がたいしたことないからいまいち。もうみんな、あの約束を忘れてるし」

「でも、きみは覚えている」

「それは」

「きみだって、あのときちょっとは、なにくそって思ったんじゃないのか？　滑り止めで入りたくもなかった高校だが、まるで自分の存在を否定されたような気分になったんじゃないのか？」

川地はなにも言えなかった。

バインダーを棚に戻そうとしたとき、ディスクが一枚、床に落ちた。

「なんだこりゃ」

川地はディスクを手に取った。

「いや、そ、それはなんでもない」

中平の態度が豹変《ひょうへん》して、突然漫画みたいに嘘《うそ》くさくどもり、慌てだした。

「なんですか、エロいやつですか？」

川地は笑いながらディスクを傾けた。

「いいから元に戻しなさい」

エッチなやつかな。恋愛編にはさまっていたんだから、あれのハウツー動画なのかもしれない。でもいまどきＤＶＤもないだろう。ディスクの表面に、文字が書かれていた。


『少年よ、ペンラを掲げろ！　ついでに神話になれ！』


下に署名がある。

「西河タイチ」

思わず口にしてしまった。書いたのは、西河？

「わざわざ名前書くなよ、目立ちたがり屋め」

中平は頭を抱えた。

「どういうことなんですか」

「あいつもこの学校出身なのは知っているよね」

中平は観念したらしかった。

「まあ」

ことあるごとに「俺が生徒だった頃はもっとがんじがらめだったぞ」と西河がほざいていた。

「で、イチ高のもっとも触れてはいけない暗部の張本人が、やつなんだ」

「どういうことです？」

「しょうがない、そのディスクを観《み》ればいい。持ち出し厳禁だが特別に貸してやるよ。他のやつらには見せるなよ、絶対に！　絶対にだぞ！」

まるでこれじゃ、ネタ振りみたいじゃないか。見なかったら、逆に怒るんじゃなかろうか。

「貞子でも出てくるんですか」

「見てのお楽しみ。衝撃で漏らすなよ」

中平はソファにふんぞり返った。


部室を出ると、小林がかったるそうに廊下を歩いていた。

「ああ、コバやん」

「おう」

二人は並んで歩いた。

小林は自分からはなにも話さない。この無口、というより面倒くさがりの同級生と、ろくに会話もせずにこれまで過ごしてきた。

「コバやん、大学はどうすんの？」

「行かねえ」

「まじで？」

推薦で大学に入れてくれるというのに、勿体無《もったいな》い。

「大学なんてべつに楽しいとこでもなさそうだし、金稼いだほうがいいや」

「そうなんだ」

闇バイトでもすんの、と軽口を叩きそうになった。さすがに不謹慎だし、ご両親が学費を出せないのかもしれない。

小林がいったいどんな家庭環境でいるのかは知らない。そういう話はなんとなく訊《き》きづらかった。小林だって、答えやしないだろう。

三軒茶屋駅について、じゃあな、と別れかけたとき、そうだ、と思いついた。

「ちょっとうちに寄ってかない？」


小林を紹介すると、母はいつもよりちょっと高い声になった。

「サワもんちゃん以外が遊びにくるなんて、珍しい。しかもかっこよすぎじゃない」

母はどこかそわそわしながら部屋にシベリアとカルピスを持ってきた。

「お邪魔してます」

いつもは妙に風格のある小林も、気まずそうに頭を掻いていた。同級生のお母さんとなんて、まともに接していないから、困っているらしかった。意外な弱点かもしれない。

「いやあ、あなた、男前ねえ、モテるでしょうねえ」

小林に興味津々な母親が、川地は恥ずかしかった。

「イチ高生はモテないよ」

川地が口をとがらせた。

「高校がどうこうなんて関係ないでしょ、人間力の問題よ」

捨《す》て台詞《ぜりふ》を吐いて、部屋から出ていった。

「いいお母さんだな」

小林が言った。

「普通でしょ」

なんとなくきまりが悪くなって、川地はそっぽを向いた。

「あ」

小林がカルピスを飲むと、驚いた顔をした。

「なに？」

「濃いな」

「水で薄める？」

川地が立ち上がろうとすると、

「いや、うまい。こんなにカルピスを濃く入れてくれたの初めてだよ」

と止めた。

「ならよかった」

川地は部室から持ち帰ったディスクを取りだした。

「なんだそりゃ、エロいの？」

自分と同じリアクションをしたのがおかしかった。

「いや、エロよりも興味深い、らしい」

プレイヤーに入れて、再生した。

しばらくして、どたどたと階段を上ってくる音が聞こえた。勢いよく襖《ふすま》が開き、沢本が入ってきた。

「あっ！　なんでコバやんがいるんだよ！」

不満げに沢本が言った。

小林はそんなことをお構いなしに、食い入るようにテレビを見つめていた。

「なに観てんの？　コンサート？」

沢本が川地と小林のあいだに割って入り、画面を覗《のぞ》いた。

「じゃあ、最初から観るか」

それはイチ高の学生服姿の男たちだった。整列し、両手にはペンライトを携えている。

激しい音楽が始まった。すると、男たちが突然かっこつけたポーズを決め、ペンライトを振ってコールを始めた。


よっしゃいくぞー！


絶叫だった。

「なに、オタク？」

沢本が言った。

「うるせえ、黙って最後まで観ろ」

小林が画面を凝視したまま言った。

川地たちは、さっきから十回以上この映像を流し続けていた。

「どういうこと？」

沢本が助けを求めるように川地に小声で訊《たず》ねた。

「まあとにかく、最後まで観ていろよ」

ペンライトを振り回し、激しく身体《からだ》を動かし踊り狂っている男たち。川地たちは流れている歌を知らない。

十数分のパフォーマンスが終わり、全員がやり切ったらしく恍惚《こうこつ》とした表情を浮かべていた。

「気づかなかったか」

川地はおかしそうに訊ねた。

「なあに？」

沢本はぽかんとしており、なにもわかっていないらしい。

「あの真ん中にいたの、西河だよ」

「は？」

「しかも隣にいたやつは、多分」

小林は興奮が収まらない。

「うん、中平さんだ」

「マジで？　もう一回観せて！」

沢本が急に興味を持ちだした。

「これは、エロ動画よりもやばい」

小林が唸《うな》った。

「ひゃー、たしかに面影がある、気がする。ていうか、時が経《た》つって残酷。体重倍になっちゃったの？」

沢本は自身を抱きしめ身震いしてみせた。

画面の中平は、いつものにやけ面ではなく真面目《まじめ》そのものだ。びっしょりと汗を掻《か》いて、晴々とした顔をしている。

隣を見ると、なぜか小林が涙を浮かべていた。

「コバやん！　なに、泣いてんだよ」

「鬼の目にも涙」

川地はボックスティッシュを小林のほうに放った。

このパフォーマンスには異常なほどの熱量が漲《みなぎ》っていた。全員が大真面目にパフォーマンスをしている。意味がわからない。いや、わからなくても、すごいことだけはわかった。

舞台の奥にあった幕に描かれていた文字を川地はタブレットで検索した。

『全国高校生パフォーマンスフェスティバル　サポート by SAKAE』

サイトがでてきた。毎年夏に開催されているらしい。踊らずにはいられない！　高校生のパフォーマンスの饗宴《きょうえん》、とあった。

「こんなのやってんのか」

全国から高校生のステージパフォーマンスを募集し、夏休みに野外ステージで披露するらしい。

「これ、結果はどうだったんだ」

小林はタブレットを覗きこんだ。

これまでの結果を確認すると、

「ない」

イチ高の名前はいくら探しても見つからなかった。

「出場してたんだから、いちおう名前は残るんじゃないの？」

貸して、と沢本がタブレットをひったくった。

その後も三人は映像を何度も観続けた。

「これだ」

川地はこれから言おうとしていることを、二人がどう受け止めるのか、一瞬、不安になった。

「カワちん？」

沢本が川地を見た。

「なんか、なんにも面白いことないな、運動とかいくらやっても楽しいって思えなかったけど。俺、これやってみたい」

画面の男たちの顔。

真剣な顔、はこれまでだってたくさん見てきた。自分だって、そんなふうになにかに向き合いたい、と思っていたけれど、見つからなかった。

バカバカしいほど真剣に、ペンライトをがむしゃらに振り回している西河たち。

あの人生諦めているように見えるオジたちにもこんな時代があった。

こんなに晴々とした顔をしているのに、結局年を取ったらあんなふうにくたびれてしまう。

いや、自分は既に「あんなふう」だ。

自分は、変わらなくちゃいけない。

変わって、そして、あのオッサンたちみたいにならない未来を探さなくちゃ。川地のなかで、内臓すべてが喚《わめ》いているような感覚が起こった。

自分がこれまで思いもしなかった、しようと考えもしなかったことを、したい。

「俺たちも、出よう」

サイトを検索すると、すでに来年の夏の募集要項が載っていた。

「資格は現役高校生であること、そして五分以内のパフォーマンス動画を送る。審査結果は四月。もし通れば、夏の大会に出場……」

「カワちん？　なに言ってんの？　冗談だよね」

沢本は川地の肩を揺すった。夢から醒《さ》めろ、と。

「参加者人数は三人以上……」

「怖いこと言おうとしてるよね、いま」

「俺とサワもんと、あと」

「やっぱり！」

沢本の悲痛な叫びを無視して、川地は小林を見た。

小林は丸めたティッシュをゴミ箱に放って、川地と見つめ合った。

「本気かお前」

小林のいつもの鋭い目つきが川地をロックオンした。

「うん」

「やるんなら、優勝しかないぞ」

「もちろん。みんな、入学式の約束を覚えているよね。優勝したら、ついでに学校も存続する」

「いいじゃん高校がなくなったって。ぶっちゃけどうでもいいってみんな思ってるし、そんなん無理だって」

「やるぞ」

小林が頷《うなず》いた。

「サワもんが嫌なら他を探す」

川地は言った。

「やりますよ、カワちんがやるって言うなら。やるよ、やらせてくださいよ」

「決まった！」

「でも待って、ぼくら正直あんましわかってないよ。とりあえずペンライトをぶんぶん振り回していたらなんとかなるもんじゃないよね、あとアニメだってカワちん観《み》ないじゃん」

「いまから勉強すれば間に合う」

「受験もあるのに！」

「推薦でまったり過ごすんだろ。時間は腐るほどある」

川地はこれまで、スポーツもなにも、熱中することができなかったし、やっているやつを見ても、なにも心は動かなかった。

なのに、この映像の男たちはずしんと胸に入りこんできた。

自分自身が、なにか熱いものに身を投じなくては、と確信した。

いままでヲタ芸なんて、テレビで観たときも、「バカなことやってんな」「そんなことをしている暇があったらもうちょっと役に立つことしろ」と興味も起きなかった。

いま西河や中平が若い頃に、やっていた映像を見たとき、なにか思いだしそうになった。

なにか気になる。

どうしても、自分もやりたい。

「ところで、このペンライト？　どこで売ってるんだ？」

小林が言った。

「アイドルのコンサートとかじゃない？」

沢本が不貞腐《ふてくさ》れぎみに答えた。

「ドンキにあるかな」

「カワちん？」

川地は立ち上がった。

「いまから行って、まず道具を買おう」

その言葉に、小林も立ち上がった。

「行動早すぎん？」

沢本もしぶしぶ立ち上がった。

「ギター弾くならまずギター買わなきゃ、だろ」

川地が言った。

「とにかく、やれるかどうか試してみよう」

「なんで、カワちんどうしちゃったの？　ねえ」

沢本の困惑などお構いなしに、川地は部屋の襖をあけた。

あしたのために　その２

翌日の朝礼で、唐突に荷物検査が始まった。隣のクラスでスマホが見つかったらしい。机の上に持ち物を全部出し、そしてカバンがからっぽか、西河《にしかわ》が確認していく。

「没収されたら困るもの、持ってくんなよ」

川地《かわち》が小声で言った。

「羨ましいよねえ、スマホ。卒業したときにはインスタもTikToKも流行終わってるのかなあ、時代についていけるかなあ」

沢本《さわもと》が下を向いたまま、言った。

西河が、川地の机に置かれたペンライト二本を手にした。

「これ、なんだ」

「ちょっと部活で」

と素直に答えてすぐ、まずい、と思った。

「放課後、文芸部は会議をする」

西河がきつく言い放った。

「カワちん、なんで持ってきたの」

「逆にお前、なんで練習するのに持ってこないんだよ」

「そりゃ昨日勢いで買ったけどさあ」

西河が小林《こばやし》の前で止まった。やはり机にペンライトがある。

「文芸部員は全員出席だからな」

「じゃあ、イシハラもくるんすか」

小林が鼻で笑った。

その挑むような態度と質問に、西河は返事をしなかった。


放課後、部室に入ると、すでに西河が腕を組んでソファに座っていた。

川地は掃除用具入れをちらりと見た。事前に中平《なかひら》と打ち合わせしておけばよかった、と後悔した。

「座れ」

三人は席についた。

「なんでキンブレなんて持ってきた」

呼び名をわかっている時点で、西河は勝手に自爆したようなものではないか。

「練習をしようと思いまして」

川地は素直に白状した。きちんと説明をしたら、西河だってわかってくれるに違いない。そもそもこの人がやっていたことなのだ。

「なにを」

「……パフォーマンスを」

川地は下を向いて答えた。

「伝統とか言っていたな、なんの話だ」

川地は棚にあるバインダーを西河に渡した。

西河は『チャート式青春』を取り上げ荒っぽくめくった。まるで汚いものを見るみたいな目つきだ。

「なにも書いてないぞ」

「え？」

「どこに文芸部がペンライト振るなんて書いてあるんだ？」

西河はファイルを机に放り投げた。「そんな話をどこで聞いた！」

「それは……」

素直に白状して、あとで中平に粘着されるのもたまったものではない。三人は黙っていた。

「沢本、言え」

西河はわかっている。沢本は詰めれば、すぐにボロを出す。三人の中で一番忍耐力がない。

あるいは沢本を庇《かば》って川地が白状するとでも思っている。

「俺が聞いたんすよ」

小林が耳をほじりながら答えた。なんだこのヤクザ映画みたいな貫禄《かんろく》は。

「なんだと？」

「知り合いにイチ高の先輩がいるんすよ。その人に聞いた」

「誰だ」

「先生、卒業生なんて全員覚えてないっしょ。なんかわりと有名らしいっすよ、いかれた連中がいたって」

そう含み笑いを浮かべる小林を、「役者だ」と川地は感心した。

「お前、しょうもないとこに出入りしているんじゃないだろうな」

「別に。このへんにごろごろいるでしょ、卒業生。地元だし。なんにもなれねえで、年下に威張り散らかしているだけのカス」

小林が掃除用具入れを一瞥《いちべつ》した。

「とにかく、お前らのキンブレは没収。以後、持ちこんだらイエローカード二枚目だ。三枚溜《た》まったら停学な。あと明日までに反省文を提出するように」

「ええっ、スマホならともかく、こんなんで！」

沢本が抗議した。

「学校に必要のないものを持ってくるな。というか、面倒だから煩わせるな。お前たちは文芸部を存続させるための人数合わせ。その代わりにこの部室を自由に使うことを黙認している。主な活動は文化祭で大昔に作った『世田谷《せたがや》ゆかりの作家案内』のパネル展示をするだけ。もしなにかしたいっていうのなら、壁新聞でも作ってみせろ。コピー代くらいは出してやる」

「『チャート式青春』は？」

川地が言った。

「こんなもの、俺がいたときから誰も見向きもしない。捨てると呪われそうな怨念の塊だから、しょうがなく部室に置いてあるだけだ。なんにもなれなかった先輩とやらを反面教師にして、おとなしく、卒業するまでねちょねちょ生きてろ」

西河が部室のドアを乱暴に閉めて出ていった。

「おおこわ」

沢本が耳を塞ぎながら言った。

「ひとまず練習は学校の外だな」

小林が首を回した。

「ええっ、外でやんの？」

「学校で音楽をかけたらすぐバレるし」

そのとき、ゆっくりと掃除用具入れが開いた。

「西河め、あくまでなかったことにしようとしやがる」

「中平さん……いたんですか」

掃除用具入れからの登場に、慣れている自分たちも、すっかりどうかしている。

「ここはぼくの第二の家みたいなもんだから」

勝手に部室を別荘みたいにしないでほしい。

「あの、もしかして西河先生と中平さん、同じ学年でした？」

昨日気づいたことを川地は訊《たず》ねた。

「そうだよ」

中平が当然のように答えた。

「聞いてないよ！」

沢本が叫んだ。

「聞かれてないし～」

中平はおどけて返した。

この人、年齢不詳だけれど、やっぱり三十過ぎの部室ニートではないか。

「働きもしないで母校の部室で漫画読んでるんだ」

沢本はこういうとき、言ってはいけないことを口にしてしまう。

「なんとでも言え。くだらん誹謗《ひぼう》中傷なんて聞き飽きた。ていうかノーダメージだ。外野に野《や》次《じ》られて心折れるなんて時間の無駄だ」

「鋼の心臓ですね」

川地が無感動に言った。

「なにはともあれ、きみたちがまさかあのパフォーマンスに興味を持って、自分たちも打ちたいと言いだしたのはなかなか見どころがある。まあ、文章書いて同人誌の一つも作ってくれてもいいんだが」

「文芸部なのに、そういうのないですね」

『チャート式青春』もだが、部誌もまったく発行されていなかった。

「ぼくが入学する前の話なんだが、ある生徒が、『モンスターを倒して武器を加工していくファンタジー小説』を書いてな、これがなかなか面白いと職員室でも評判になったことがあったそうだ」

「どこかで聞いたことあるな。ていうかなんかやったことあるな、どうしてだろう」

沢本が首を傾《かし》げた。

「超有名なゲームの設定を丸パクリしていたんだなあ。で、褒めた教師がブチ切れて、文芸部の会誌をしばらく作るのを禁止にして以来、やろうとする者はいなかったとさ」

話を聞いて、やっぱり文芸部ってどうかしてる、と川地は思った。

「そもそも文芸部なのに、モンハンなんすか」

「その前は『エヴァンゲリオン考察会』『涼宮ハルヒファンの集い』『ガンダム研究会』、そうそう『ファイブ・スター・ストーリーズの年表を研究するグループ』なんて硬派な時代もあったらしい。あれ途中から名称とか変わっちゃったよねえ、たしか」

「それは……」

ただのアニメ研究会ではないか。

「なにはともあれ、策を練ろうか」


まずすべきことは技の習得である。

「動画サイトを手本にしながら練習するしかないな。探せば結構あるから勉強するのに困らない」

部室になぜかあった蕎麦《そば》打ち棒を両手で握って、川地が言った。

「これでやんの」

沢本は申し訳程度にシャープペンを持っている。

「この程度の逆境なんぞ、どうとでもなる」

小林はといえば、音楽室から拝借してきた和太鼓のバチを掲げている。妙にしっくりくる。

「撮影までに完璧な動きをマスターするしかない」

川地は国語のノートをうしろから開いた。

「うわ」

沢本が中身を見て、声をあげた。

「動画を見て、いちおうペンラの振り方をノートに書いてきた」

十数ページにわたって、振りの流れを線で描いた人のイラストによって説明されていた。

「こんなことやってたの？」

「なにせ時間が足りないからな」

「応募締切って年末でしょ、まだまだたくさん時間あるでしょ」

「ゼロからスタートだ。時間は足りない」

小林が言った。

「なんでそんなマジになってんの？　むしろコバやん、キャラ変してない？」

「俺は凝り性なんだ」

「そりゃまた、新たな一面を知りまして」

「ネットで調べたが、まず基本技がある。それを完璧にマスターしなくちゃどうにもならん。まず有名な技でＯＡＤってのがあって」

川地がしゃべっていると、

「狭い部室で練習すんなよ、ぼくの読書の邪魔だ。送る映像は五分以内、本戦は十五分以内。そのあいだ集中力を切らさずにやり切るために、技もだけれど精神鍛錬が必要だよ」

中平が重ねた。

「どうしたらいいんですか」

「そうだなあ、車の洗車とかしたら？　『ベスト・キッド』って映画知ってる？」

「からかわないでもらえますか」

なんで今からパフォーマンスの練習をしなくちゃいけないのに、洗車なんだよ。そもそもなんだよその映画。

「いや、してない。きみらがこれまでで一番真剣になっていて、むしろ怖い」

「中平さんたちはどんな練習をしていたんですか？」

「まあ、これかな」

中平は掃除用具入れをあけ、なにかを探し始めた。

「この掃除用具入れ、四次元に繋《つな》がってんのかな」

沢本が言った。

中平がルーズリーフを放った。

「あ、これ」

西河の署名入りの記録だった。

「昔あいつが捨てたの、とっておいたんだ。そこに練習メニューが書いてある。基本的に体力作りが必要。また、持久力と瞬発力を養わなくてはならない。そしてもちろん見た目も。なにせヲタ芸なんて、昔はキショガリかふくよかな体型の人間がするものだと、世間は誤解していた、それを覆さなければならんと」

「つまり」

「筋トレと有酸素運動、あと。身だしなみ。ボサボサの髪とか汚い肌なんて論外」

ふくよかでゆるい見た目のおっさんがぬかしたところで、説得力なんてない。

「やだ！」

沢本が悲鳴をあげた。「マラソン大会も当日風邪を引くように計画して逃げてきたのに！」

「こいつ器用だな」

中平が呆《あき》れた。

「マジです。当日に高熱を出すように一週間前から薄着で過ごして、不摂生な食事をしていました」

「そんな愚かな努力をしないでも、毎日少しずつ体力作りをすりゃいいものを」

「この通りのメニューを今日からしよう。ランニング十キロ、タンパク質を摂《と》りながらの筋トレ、ローファットによる脂肪を抑えた食事……なるほど……ほとんどこれアスリートのトレーニングじゃないか」

そのリストに、川地も怯《ひる》みそうになった。

「サワもん、きみも高校を卒業をしたら女子と交流することになるぞ。であるなら今から見栄えを良くしようと頑張ったっていいんじゃないのかね。きみ、どんな女の子がタイプなんだ」

「……顔とかはとくにタイプはないもん」

「性格重視か」

「カワちゃんと仲良くできる女の子なら誰でもいいもん」

「は？」

川地が睨《にら》んだ。

「カワちんは女の子とまともに会話できないから、カワちんに優しいコがいい」

「なんでいま俺の話題になってんだよ」

「なるほど、カワちんも身体《からだ》を鍛えて夏にビーチで黒ギャルにモテモテになるはずだから、そこんとこは問題ないだろう。きみは隣にいて見劣りしないようにしておくべきじゃないかね」

中平が言った。

「それは」

沢本が口ごもった。

中平はさすがに年の功というか、へ理屈をこねるのがうまい。

「なにはともあれ、カワちんとサワもんは体力作りだ。コバやんは……きみ、フィジークの大会目指したら？　優勝狙えるんじゃん？」

中平はべたべたと小林の身体を触った。

「金もらえるならやるけど、賞金がわりにプロテインだけならやだ」

小林は仏頂面で答えた。

「了解、あと、きみたちアニメを観《み》るのは好きか」

「あんまり観てないです」

川地は言った。

「歌詞の世界観を理解するためにもアニメを観なければならん。とりあえず応募曲はなににするつもり？」

「ＤＶＤの一曲目がいいです」

あのパフォーマンスにやられてしまったのだ。あんなふうになりたい、やってみたい。

「『God Knows...』か。じゃ、まず涼宮ハルヒをアニメと原作、全部さらうように。部室に本はあるから、全巻読破ね」

中平が「終了」と手を叩《たた》いた。


「合同練習したい？」

川地のクラスメート、高橋《たかはし》ハルキは目の前にいる三人の申し出に首を傾げた。野球部のトレーニングと文芸部の活動を、どう合同させるというのか。

「ちょっと運動を始めようと思って」

ジャージ姿の川地が照れている。どうも信用ならない。

「まあ別にいいけどさ。今日はリクレンだけだし」

高橋は、よれよれの汚れた学ジャーを着ている三人を訝《いぶか》しげに眺めた。

「ターちゃん、ありがとう！」

野球部のランニングに文芸部の三人はついていく。始まって三分も経《た》たずに沢本がへたりこみだし、川地が「ほら！　サワもん！」と励まして立たせようとする。

部員たちと同じペースで走っているのは小林だ。

「なにやろうとしてんだよ、文芸部」

高橋が小林の横に入り、恐る恐る話しかけた。

「別に。ダイエットだ」

ランニングをしている野球部の誰よりも体格のいい、小林がしれっと答えた。

「一年のとき、運動部に誘われまくってたろ」

高橋は小林を眺めた。惜しい人材だった。いつだって予選一回戦負けの野球部だが、こういうやつがいたら、二回戦、あわよくば三回戦まで進めることができたかもしれない。

「運動とか興味ねーし、つーか無駄だろ」

小林の息はまったく乱れていなかった。

「だったらなんで走ってんだよ」

「それは、文芸部もさ、体力ないと文章なんて書けないんだって」

沢本を捨てて追いついてきた川地が割って入った。

「貧弱な身体では、本物の文学なんてできないんだよ！」

川地が先頭まで走り抜けていくと、小林もそれに従った。

「待って、カワちん待ってえ……」

と無茶苦茶《むちゃくちゃ》な走り方して、沢本が泣きべそをかきながら追いかけた。

「なんだあいつら」

高橋はさっぱりわからず太い眉をひそめた。

走りこみを終えた野球部員たちが、ぞろぞろとトレーニングルームに向かっていく。

文芸部の三人も野球部のあとをついていく。沢本が川地に肩を抱かれて引《ひ》き摺《ず》られている。

横の小林は肩を貸すつもりもないらしく、口笛を吹いていた。

「もおやだ、帰りたい。帰ってママンのアップルパイを食べたい……」

「なんでフランス訛《なま》りなんだよ」

沢本のうわごとに川地はつっこんでやった。

夏にあった修学旅行という名の富士山登山合宿でも、沢本は早々とグロッキーになり、川地が抱えて登山することになった。自分はこいつのおかげで、わりと体力があるのかもしれない。

「始めてから一週間も経ってないんだからな」

小林が小馬鹿にするように言った。

「ていうか中平のオジ、永遠に生まれない子供を腹に抱えてるみたいな体型のくせして、ぼくらには体脂肪率十パー以下になれって、何事?」

中平は、他にもさまざまな要求をした。

「休みの日は家の拭き掃除を『真剣に』やれ。親孝行になるし、いいエクササイズになる」

「毎朝ラジオ体操をしろ。ストレッチしろ。柔軟性が必要だから。あと早寝早起きを心がけよ」

と西河のメニューのほかに、百の『あしたのために』リストを渡された。

最も大事なヲタ芸のほうは、「自分で動画見て、振っとけ」と適当だった。

まったく意味がわからん。

「西河のメニュー、他になにか書いてなかったの？　踊りのコツとか、鶏胸肉《とりむね》の美味《おい》しい調理法とか」

沢本はなにもかもにうんざりしているらしい。

「全然、熱い思いを語ってるだけだった」

「根性論だけじゃ人は動かねえんだよーっ！」

沢本が無駄に叫び、前を走っていた野球部員たちがぎょっとして振り返った。

「元気あるな、お前」

小林が感心して言った。


にしても、中平がやれと命じたことがさっぱりわからない。

中平の手書きのリストを見てみると、そこには、

あしたのために（その１）自宅を完璧に清掃するべし
あしたのために（その２）老人ホームでお手伝いをするべし
あしたのために（その３）放課後クラブのお兄さんをするべし
あしたのために……

と、百の「べし」がある。そのすべてをやれというのだ。しかも、それらがいったいヲタ芸

となんの関係があるのかさっぱりわからない。うちの手伝いや地域活動をしろ、とばかりある。

「いったいなんでこんなことしてるんだろ」

保育園のプレイルームで、へたりこみ、途方にくれた。部屋では子供たちが大騒ぎしている、阿鼻叫喚《あびきょうかん》の状況になっていた。

「カワちん助けてぇ……」

声のほうを向くと、沢本は何人もの園児に乗っかられて、手を伸ばして呻《うめ》いている。

「本当に助かる」

保育士さんがやってきて、川地に声をかけた。

「やっぱり若い子だと、チビたちのパワーに負けないわねえ」

「いえいえ」

……完全に惨敗です。もうほんとに、こいつら全員もう少し歳《とし》を取ったらなんか奢《おご》れよ、って思ってます。どうせ忘れちゃうんだろうけど。

忘れる、というのは、なんてありがたい機能なんだろう。

甲高い声の洪水のなかで、川地はときどき、自分の内側がとても静かで暗いように感じた。そこに目を向けていたら、足元を掴《つか》まれそうになる。

川地はかぶりを振った。

「もう時間でしょ、ありがとうね」

ぐったりしながら二人は保育園をあとにした。

放課後と土日は、奉仕活動、そして町内で開催されているイベントの手伝いをしている。ありとあらゆる人々に、「なんで手伝ってくれているの？」と訊《たず》ねられた。珍しいのだ。

「人生経験を積もうと思いまして。ぼくらはいま、ヲタ芸っていうのをやろうと思っておりまして、師匠からさまざまな体験をすることで、芸の肥やしにしろと」

中平に、そう答えろと言われていた。

「なんだかさっぱりわからないけどすごいねえ」「応援するねえ」と不思議がられた。いや、こっちもさっぱりわかっていないんですけどね、と頭を掻《か》くことしかできなかった。

川地と沢本が本日のミッションを終え、世田谷公園へ向かうと、小林がかったるそうにベンチに座っていた。

「なんでコバやん、奉仕活動にこないの」

沢本が不平を漏らした。

「用事があるから」

絶対ないに決まってる。と思いつつ、あくまで自主的に、自分たちは中平の指示に従っているのだ。しないという選択だって尊重しなくてはならない。そもそも小林に「やれ」と強くは言えなかった。

「じゃ、練習しようぜ」

小林はパーカーのポケットからキンブレを二本出し、スイッチをつけた。ぱっと光が放たれる。

夜にその光はとても目立ち、輝いている。

「学校じゃできないからって、わざわざ公園で夜に練習なんて」

沢本はぶつぶついいながらキンブレを出した。

「お前らが来る前に、ちょっと練習してみた」

小林が言った。足を広げ、カウントしながら腰から上半身を左右に動かし、ペンライトで円を描いた。

「ＯＡＤじゃん」

川地は拍手した。

「一人で振り回してたの？　恥ずかしくないの？」

沢本の顔がひきつった。

「みんなでやったって恥ずかしいだろ。気にしねえよ。そもそも大きな野望がある人間が周りの視線なんて気にしていられねえだろ」

小林はたまに妙に実感のこもった発言をする。「早く本番用の使い捨てペンラでやりてえな」

「よし、やろう」

川地がカウントをとりながら、ネットの動画で見た基礎技をさらっていく。歌に合わせて動きを流していくなんて、まだ到底できない。

とにかく練習をしなければ。

「自分たちの動きを動画で撮って確認する必要があるな。鏡の前でやりたいから、どっか鏡張りのとこ探すか」

　小林が悔しそうに言った。

「もっと練習がしたい？　だから奉仕活動を休みたい？」

　川地の訴えを、中平が嫌味《いやみ》ったらしく繰り返した。

「はい」

「だーめ」

　中平が腕を組んで懇願する後輩たちを見据えた。

「もういいだろ、したって意味ねえよ」

　奉仕活動に参加もしないくせに、真っ先に小林が反抗した。

「きみたち、すべての体験が、自分のパフォーマンスに役立つってことをわかっていないないなあ」

「園児のおもりとか掃除のなにが」

　さすがの川地も反論した。もう飽き飽きしていた。やろうとしていることからどんどん離れていく、そんな焦りがあった。

「カワちん、きみは自分の周りにはろくな人間がいない。クズはどうせクズみたいな生き方しかできないって言っていたね」

「後半の部分は言ってないし。捏造《ねつぞう》しないでもらえます」

「これでずいぶん視野が広がったろう？　同世代以外のみなさんと交流し、子供は子供らしく健やかに遊び、大人は働き、そして趣味を充実させている、と」

「まあ、はい」

「ただ眺めているだけでなく、飛びこんでみることで感じたことがあるだろう。見る目が変わったろう。子供たちはいずれいまのきみたちと同じ年になる。お年寄りはきみたちと同じ年の頃があった。つまり、誰だって過去はあり、未来もある存在だ。死んだ目をしているおじさんだって、生まれたときは赤ん坊だ」

「まさか意識改革のためにやれってか」

小林が顔をしかめた。

「そっちはついでだった。とにかく、きみたちは三軒茶屋《さんげんぢゃや》のみなさんに、自分たちがやろうとしていることを伝えたはずだ。これが第一段階。そして、きみたちが頑張れば頑張るほど、周りは注目しだす」

きみたちに足りないもの、それはフォロワーだ、と中平は言った。

「ぼくたちSNS禁止です」

「ネットだけがフォロワーじゃない。ネットやっていないやつなんてごまんといるぞ。それよりも、お年寄り、小さなお子さんを持った親御さんたち、指導してくださったみなさんにきみたちを応援してもらうんだ。町のみなさんが、きみたちに注目する、そんなふうにネット以外の広がりを作れ。必ずきみたちの力になってくれる。きみたちが発信できなくても、見てくれている人たちが伝播《でんぱ》してくれる」

なんとなく、説得力があるようなないような。いやいや待て待て、この人、ただの部室おじさんだぞ。お前こそ働けよ。

「でも、出場者はほぼインフルエンサーっぽいんですけど」

沢本が恨めしげに言った。

「恋愛リアリティショー出演？　コレクションのランウェイ？　スーパー高校生？　虚飾まみれのいけすかない連中だ！」

中平が突然鬼の形相で一喝した。なんだか僻《ひが》みにしか思えなかった。

「ムカつくけど、そういう経歴があったほうが、予選通過しやすそう」

沢本が食い下がると、

「なので、実績を作る。きみたちに初舞台を用意した」

中平が尻ポケットから畳んだ紙を取りだして、広げた。


『三茶★ふれあいコンサート　参加者募集中♡』


とスーパーのポップみたいなフォントで大きく書かれていた。

「え、なにこのダサいチラシ」

いまどき手書きである。

「いつの時代から使いまわしてるんだろ、これ」

沢本が紙をぺらぺら揺らした。

どうやらこのイベント、季節ごとに開催されているらしい。通りが歩行者天国になるタイミングに、そばの空き地で行われるという。

「こんなの出たって」

イベントの質はチラシで大体わかるものだ。多分これは……。

「そもそもきみら、なにもないんだから。まずは一つ、実績を作るしかないだろう」

舐《な》めていると怪我《けが》をするぞ、と中平が不敵な笑みを浮かべた。

「とにかく、参加するんだったらまず最低二曲は仕上げなくちゃな」

小林が興奮気味に言った。パフォーマンスを披露することについて迷いはないらしい。

「衣装どうする？　みんなでお揃《そろ》い買う？」

沢本が声を弾ませた。買い物したいだけだ。

「そんなの、イチ高のトレードマークといったら、ふんどしに決まっているだろう」

中平が当たり前のように言うと、

「絶対やだ！」

三人が揃って叫んだ。

「息が合ってんなあ」

たしかに、伝統だか知らないが、寒中水泳実習だの体育祭の組体操だので、やたらとこの学校はふんどしを装着させる。いまではすぐに締めることができるようになった。多分、学校を卒業したら永遠に身につけないだろう。

「だったら学ジャーでいいよ。制服だとちょっとあざとすぎだしね」

ふんどしのほうがやりすぎではないか、と川地は口答えしたかった。

「どうせ誰も見ちゃいないんだから、気楽にやんな。あと、観客を増やすために、奉仕活動は継続、でも、練習はきちんとしておいてね」

「一度練習を見てもらってもいいですか？」

川地は頭を下げた。客観的なアドバイスがとにかく欲しい。

「ぼく、忙しいから」

いつも暇そうに部室にいる男がきっぱり断った。


我流での稽古をこなしながら、日々は過ぎていった。

ネットで検索してみると、多くのパフォーマンス動画がある。いまやヲタ芸は一つのジャンルとして成立していた。新作アニメの主題歌で踊って何百万再生、なんてものもざらだ。技やテクニックをメモし、一つずつ技を練習して修得していく。今回は、西河たちが踊っていた楽曲のほかに、観客もわかるように、去年大ヒットしたアニソンも最初に踊ることにした。

中平はまったく稽古を見てくれようとしなかった。

「ぼくらだって指導者なんていなかった。まずは自分たちでやってみて、そしてお客さんの前で打ってみればいい。それからだ」

と中平は興味なさそうに言うだけだった。

なんとなくさまになりだしたのは、本番直前だった。

「大丈夫かなあ、大会に出場するのにも、こんなに練習しないとできないなんて」

川地は肩を落とした。

まったく思うようにいかない。

「じき慣れるだろう」

小林は意外と覚えが早い。奉仕活動をまったくしていない分、自主練をしているのかもしれない。

一度保育園にきまぐれにやってきたとき、小林はやたらと園児にモテた。

「あんないつ襲いかかってくるかわからないような人なのにねえ」

子供たちが夢中になって、小林へ群がっていく様子に、二人はびっくりした。

「いや、子供は本質を見抜いているのかもしれんぞ」

川地もまた驚いていた。あれだけさんざん遊んだというのに、キッズたちは自分たちに見向きもしてくれなかった。

小林は子供に怯《おび》えられもせず、舐められもせず、一緒に遊んでいる。精神年齢が一緒なんじゃないか、と負け惜しみを言ってやりたいくらいだった。

しかし小林は、一度出たからお役御免と、それから一切参加しようとしなかった。

「とにかくやってみるしかないだろ。しかし、日本舞踊と和太鼓の合間にアニソン爆音でかけるって、このイベント、意外とぶっ飛んでいるかもね」

ふれあいコンサート当日、参加者の控室代わりになっているステージそばの公民館に三人が入ると、そこは戦場だった。

参加団体が入り乱れ、あちこちから大声で叫んでいる。

「ねえ、わたしの帯どこにいったか知らない？」

「あの人まだきてないんだけど、晩御飯のお買い物？　ふざけないで」

「おさらいする時間なんてないわよ、あんた」

声の多くは年配の女性たちである。

なんだ、これは。

三人は出入り口の前で、立ち往生した。

もうすでに場は埋め尽くされており、床には衣装や道具が散乱していて、足の踏み場もない。自分たちがお邪魔するスペースはどこにも見当たりそうもなかった。

「あのう、ぼくたちどこに荷物を置いたら……」

近くにいたおばさんに声をかけると、

「どこでもいいから、歩くの邪魔になんないところに置いといて！」

鬼気迫る声で吐き捨てられた。

三人はすみっこに荷物を置き、ひとまず外で本番前の最終点検をすることにした。薄暗い、周りの建物の影になってしまって、地面が湿っている駐車場を見つけた。

「わかったようだね」

中平が三人のもとへ近づいてきた。

慣れない場所に不安だらけななか、ただのむさ苦しいだけのおっさんなのに、まるで救い主のように思えた。

「初舞台おめでとう」

「よかった、もうぼくたちほんと、どうしたらいいのかわからなくって」

「見てみろ」

中平が舞台袖を顎で示した。

ちょうど、日本舞踊のグループのおばさんたちが、ステージに向かうところだった。

「え、なんか、え」

沢本が動揺した。

「すごいな」

小林すらも感嘆の声を漏らしてしまう。

浴衣《ゆかた》姿の集団は、背筋がピンとしており、目線をまっすぐ舞台に向けていた。まるで、戦地に赴く兵士のようだ。近寄りがたい雰囲気を纏《まと》っていた。一瞬、理事長のことを思いだした。

「覇王色の覇気ってやつだな」

中平が言った。

三人は息を呑《の》んで、女性たちが舞台袖からステージに向かっていくのを見届けた。

まばらな拍手が聞こえ、そして普段聞くこともない三味線が響いた。

「バックステージの殺気を見ていたろう？　きみたちはどこかで伝統芸能を下に見ている。なんでそんなことをやっているんだ、と。興味のないものはつまらないものだ、と思いこんでいた、というところかな。しかしそれは、きみたちの好奇心の限界を露呈してるだけ。すべてのものが、面白い。そして、ステージに立つ覚悟ってやつを見たろう。激動の昭和平成令和と生き抜いたみなさんは、面構えが違う」

ステージに立つ、恥をかいたらどうしよう、失敗したらどうしよう、そんなことばかりに不安になっていた。しかし、舞台にあがったとて、そんなしょうもない、自分を守るようなことにとらわれていては、小さくせせっこましいものしか表現できない。

「自分たちのやっていることを、かっこいいことだと本気で思っていなくては、真のパフォーマンスを、そしてきみたちが大好きな『自分らしさ』だの『ありのまま』なんていう他人からしたらクソほどどうでもいいことすら、伝えることなどできない」

中平は言い切った。

三人はしばらく、舞台から流れてくる音を聞き続けていた。音楽が鳴り止《や》み、まばらな拍手があがった。

舞台から降りて、公民館に向かう日本舞踊おばさんたちは晴々とした表情を浮かべている。

自分たちもまた、そんな顔をすることができるのだろうか。川地は言葉を失《な》くした。

「文芸部じゃん、なにやってんだよ」

声をかけられた。見ると同じクラスの軽音楽部の四人、山内《やまうち》、和田《わだ》、杉山《すぎやま》、木下《きのした》が楽器を入れたバッグを抱えて立っていた。

「なにやってんの？　しかも学ジャーで」

山内ミツルが、メガネを正しながら言った。

「お前らこそなにやってんだよ」

うまく説明できず、川地が訊《き》き返すと、

「これからふれあいコンサートに出るんだよ。地元のイベント出演はオッケーだから」

木下トモヒロがニキビだらけの頬を掻《か》いた。

「地域イベントに参加すると内申評価アップするから、軽音は毎回出てるんだよ」

杉山コウタが髪をいじっている。晴れ舞台に備えて散髪してきたらしい。

「リストになかったけど」

「バンド名で出てるから。『ヤング・アンド・スプラッシュ』っていうんだけど」

さっきもらった、コピー用紙を折っただけのパンフレットを開いた。たしかに「インストバンド」として、ださい名前が載っていた。

「俺たちもこのステージに出ることになったんだ」

川地の背後から、小林が代わりに答えた。

「なにやんの？　野外ステージで朗読？」

和田リツがジャージ姿の三人を、つまらなそうに眺めた。

「……まあ、楽しみにしていろよ」

さすがの小林も、ヲタ芸をするとは口にしづらいらしい。

「そうなんだ、今日暇だったらくるってクラスの連中言ってたよ」

山内は川地の肩を叩《たた》いた。

「クラスの？　みんな？」

「お前ら昨日、終礼のあとすぐ帰っちゃってチラシ渡せなかったけど、出る側だったか。お互いいいとこ見せてやろうぜ」

じゃあ、とりあえず荷物置くから、と軽音の四人は、公民館のなかに入っていった。

「みんなにばれちゃうよ」

沢本が地べたにへたりこんだ。

「いずれどうせばれる」

小林がそっぽを向いた。

「でも、ずっと先だと思ってたもん！」

「大丈夫だ、芸能人の不倫もワイドショーが取り上げなくなったら、みんな忘れる、厳しい時期は一瞬だ」

中平があくびをした。十代の繊細な不安や悩みになど、まったく興味がないのだ。

「テレビの話だもん！」

沢本が叫んだ。「絶対にこれ、いじめに繋《つな》がるやつだもん。文芸部ついに壊れたとか、オタクをこじらせたなれの果てを見たわー とか、エッチできないから棒を振り回してんだろ？　とか言われるんだ……」

稽古のあいだ、ずっと思ってきたんだろう。つらつらと最悪な暴言を並べた。

「されてから悩めよ、想像して勝手に絶望するな。そもそもきみたちなんて、はっきりいって誰も興味なんてもってもらえない存在だ。やられたらやり返せ。できないのなら、コバやんの陰にでも隠れていなさい」

中平は腕時計を見た。

「もうじき時間だぞ。きみたち、さっきぼくが言った深イイ話、もう忘れちゃったよね。ま、いいけど。とにかく、真っ白になってやってこい！」

その叱咤《しった》は沢本には響かなかった。

「サワもん、ごめんな、こんなことに巻きこんで」

川地が沢本の肩に手をかけた。

無理やり引きこんだんだ。沢本は、とにかく他人の目を気にする。それは川地のためだった。川地を、他人の不躾《ぶしつけ》な視線から守ろうとしてくれているのだ。

「カワちん、取り乱してごめん」

沢本が下を向いたまま、言った。

「俺らのヲタ芸がかっこよければいいんじゃね？」

小林が言った。「馬鹿にされたとして、ヲタ芸のことじゃなくて、俺らの踊りだろ。だったらもっと頑張ればいいじゃねえか」

「……奉仕活動しなかったくせに」

沢本が泣きべそをかきながら、言い返した。

「よし、やってやろう！」

川地は二人の背中を叩いた。「俺たち、ここがゴールじゃないから！　もっといっぱい人がいるところで来年には踊るんだから！」

自分を奮い立たせてステージに駆け上がったものの、全身が震えていた。川地は舞台上から集まっている客を一望した。

「みなさん、はじめまして……」

昨日何度も練習したというのに、声が小さくなってしまう。見物客はまばらだし、その先の通りではたくさんの人たちが通り過ぎていく。ちらりと視線を舞台に向けても、そのまま立ち止まってもくれない。

自分たちは、誰からも注目なんてされていない。現実を突きつけられた。それが悲しいのと悔しいのと、そして腹の底からムカついた。

客のあちこちで、知っている顔を見つけた。クラスの連中だった。みんな何事かと驚いていたり、にやにやしていたりしている。どいつもこいつも、自分の中で一番オシャレな私服を着ているつもりらしい。ステージに立っている自分たちは、膝に穴のあいた学ジャーだった。たしかにサワもんの言う通りだ。明日の学校でなんと言われるか。

自分たちが努力したって、そんなもの、誰からも評価なんてされないのだ。誰も褒めてくれないのだ。好きでやっているだけ、迷惑をかけないのなら、勝手にやっていればいい、そんなふうに突き放される。

負けるか。

絶対に、全員をびっくりさせてやる。

「ぼくたちは高校の文芸部なのですが、パフォーマンスを」

気持ちを入れ替えて話しだしたとき、川地の目が群衆のなかにいる人を見つけ、そして言葉を失った。

「カワちん？」

隣にいた沢本が驚いて声をかけた。

「……パフォーマンスをしています。まだまだ未熟者ですが、みなさんに、どうしても見せたくてステージに……」

小林が川地のマイクを取り上げ、代わりに話しだした。

川地の視線を沢本が追うと、そこに、いつも世田谷線で乗り合わせる女の子がいた。しかも、隣にいる背の高い男と親しげに話している。

いじめなんてものより一大事だ。気になっている女の子が見にきているんだ。川地の顔が真っ赤になっていき、脂汗をだらだらと掻《か》いているのがわかった。

「……大丈夫?」

沢本の小さな声は川地には聞こえなかった。

「よろしくお願いします！　一曲目は――」

小林が川地の代わりに怒鳴った。

その場にいた観客全員がびくりとして、波打ったように見えた。さすが小林、三茶の狂犬と呼ばれているだけある。なんならここにいる全員を半殺しにできるという謎の自負があるのだろう。

立ち位置につき、深く呼吸すると、音楽が始まった。

まったく頭が回らない。

散々練習をしてきたから、振りはちゃんと覚えている。音楽だって聞こえている。でも、一つ一つの動きがまったくしっくりこない。緊張していて身体がぎこちなく、うまくいかない。音とずれていく、ぴったり合った感覚がない。

パフォーマンスをしながら、いろんなことに気をとられすぎている。客の反応が見えてしまう。焦る。客の顔はしっかりわからないのに、全体の空気が悪いのを感じる。みんなが気を遣って、自分たちに付き合っているように思えてくる。うまいとか、下手《へた》とか、そんな感想すら持たれていない感じ。思考に引っ張られて頭と身体が連動しない。

右の小林はまったく気にしていないらしい。センターは自分だというのに、小林についていこうとして余計にずれてしまう。

左にいる沢本は、そんな焦りよりも、きちんと踊ることに精一杯みたいだ。言いだしっぺの自分がしっかりしなくちゃいけないのに、自分が一番気が散ってしまっていた。

あ、クラスメートが馬鹿にしている気がした。

あ、誰かがつまんなそうにしている気がする。

あ、誰もが退屈している。

教室にいる自分みたいに。

「なにか面白いことないか?」と。

まったくやり切った気持ちも起きないまま、一曲目が終わってしまった。遠くで一人拍手をしてくれている。よく見ると、馴染《なじ》みの本屋の店員だった。それに救われたような気持ち、そして恥ずかしい気持ちでいっぱいになった。

すぐに、二曲目が始まる。

この曲の西河たちのパフォーマンスを見て、自分は始めたのだ。自分たちも、西河のように、見てくれた人に、なにかを届けたい。でも、なにを届けることができるのかわからないけど、でも、と無理に気持ちを入れ替えようとしたときだった。

背の高い男の腕が世田谷線の女の子の肩に手をかけた。もう飽きたから見るのをやめよう、とでも言ったのだろう。

そりゃそうだ。貴重な時間を立ち止まらせることなんてできないんだ。

諦めかけたときだ。

女の子が男の手を払った。男だけが去っていき、女の子は、まだ、ステージを見つめてくれている。

目が合ったように、勝手に思った。

「あ」

ぼーっとしてしまった。出遅れた。振りが、飛んだ。まだ頭で順番をいちいち考えながら動いていたから、身体が動いてくれない。

どうしたらいいんだ？　まるでひどい風邪をひいたみたいに身体中が震えて、立ち尽くしてしまった。


川地が部室に入ると、ソファに寝そべっていた中平が起き上がった。

「珍しいじゃん、一人でくるなんて」

「なんか、やっぱ思い上がりだったんだなって」

川地はそばの椅子に座った。

朝、教室に入ると、クラスメートたちがにやにやしていた。小林の手前、誰も昨日のことは触れなかったけれど、恥ずかしくて死にたくなった。

「軟弱だなあ、たった一度の失敗で。諦めたらゲーム終了ですよ?」

「それ、中平さんの体型で言われると笑えますね」

「へえ、あの漫画は読んでたんだ」

中平が笑った。「とりあえず、宮本武蔵の続きを早くお願いしたいよねえ」

「ステージに立った瞬間ビビって、しかもぼーっとしちゃって、動けなくなっちゃって」

川地は天井を見ながら言った。

「そりゃそうだろうよ。初めてあんなふうに、人前に立ったら。きみ、無駄に責任感強そうだし、人一倍、失敗したらどうしようって思ってたんでしょ。サワもんはああ見えて肝が据わってるというか、やると決めたらやるでしょ。他ならぬきみの夢のお手伝いなわけだし。コバやんはそもそも人に見られようが関係ないタイプだよね。ぶっちゃけ、きみが一番弱っちい」

「やな人間観察だなあ」

川地は空笑いをした。このオジ、よく見ている。いや、きっと誰が見たってそうなんだ。

「きみは人の目を気にしているし、そのくせ視野が狭い。あげく最初のステージで失敗したら、すぐ沈んじゃってさ。一番ダメなコだよ」

「ひでえ」

「そうかな。でも、きみ、あのときのステージで、最初の数秒は悪くはなかった」

「全然覚えてないです」

「うん、風に吹かれた気がした。打ち出すまでの気迫、すごかったよ。多分お客さんもあのとき期待した。なのに、集中できずに醜態さらしちゃってさ」

窓から、部活の声が聞こえた。部室の電気をつけようかな、と立ち上がると、

「そのままでいい」

中平が止めた。「そのまま聞け。きみは無気力なポーズをとっているくせに、妙に一本気で、やると決めたら頑張るところ、ぼくは面白いと思っている」

「どうも」

川地は頷《うなず》いた。慰められて、余計にみじめになった。

「ぼくはね、自分の言葉がないってきみぐらいのとき悩んでいた。誰かの言葉を借りパクしてばかりだってね。自身の腹の底から捻《ひね》りだした言葉が見当たらなくって、絶望してた」

「なに言ってんすか。中平さんが絶望してたら、人類だいたい絶望してません？」

「……そうだよ。全員絶望から抜け出そうともがいているんだよ。生きるってことは、死にかけてるってことだよ。半端な死体ってやつさ。これも受け売りだけどね。そして誰にも本当のことはわかってもらえないし、完璧に伝えることができなくって、さ。ま、いま思えばそういう答えのない問いの奥まで潜るなんて、暇だったんだな、心が」

「いまだって暇でしょ」

川地はやるせなさをごまかすように、憎まれ口を叩《たた》いた。

「いやあ、読むものいっぱいあって、損したよ。世の中面白いもんばっかでさ。一生かかっても世の中の面白いものすべてを味わい尽くせないなんて、最悪だよね。最後まで貪欲に楽しむべきだと今更、うん」

中平は自分の言葉に納得したみたいに頷いた。

「楽しめるかな」

川地はぽつりとつぶやいた。

「自分はダメだって諦めてひねくれるのも、面白いことの一つだよね。人生の味わいでしょ。止めないよ」

「全然面白くないんですけど」

「来週、文化祭の講堂使用の締切だったね」

「なんですか突然」

「舞台で傷ついたなら、舞台で塗り替えればいいじゃん。あのときはバカだって、どうせ時が経《た》てば笑うしかないんなら、ひねくれて自分を嗤《わら》うより、朗らかに笑えるようにさ」

「でも、ヲタ芸やるって言ったら止められちゃうし」

「そんなの、ゲリラでするに決まってるでしょ」

中平は呆《あき》れた顔をした。

「は?」

「緊張するのは当たり前。台本を作ってあげるよ。西河がキレるくらいで済む。停学には、絶対ならない。まだイエローカード、残ってるよね」

夜、世田谷公園に集まったとき、川地は中平の計画を二人に話した。

「え、それやっていいの?」

沢本は困った顔をした。

「面白いじゃねえか」

小林は笑いそうになるのを堪《こら》えているみたいだった。

「ふれあいステージの失敗を塗り替えたい」

本当はもうやめたい、でもこのままではずっと後悔してしまうから、とは言わなかった。

「よし、じゃあYOASOBI、完璧にするか」

小林が首を回した。

部室で中平は言った。

「踊り終えたとき、もうこれでもうやり切ったと思ったなら、文芸部でした、と言って逃げちまえ。もしまだやれると思ったら、理事長を呼ぶんだ。そして宣言しろ。自分を追い込めるところまで追い込むんだ。コソコソするのが一番いかん。自分から逃げられない場所に立ってみるんだ」

当日どうなるか、わからない。

川地は練習を始めた。

リュックの中に、中平に託された『チャート式青春』があった。正直、荷が重すぎる。中平があんな真面目《まじめ》な顔をしていたのを初めて見た。

「これを預けておく。もし、もう一度やると決めたら、これから起こることを記録してみない？　汚い字でも気にしないで、文章だって下手くそでいい。なんのために？　きみたちの栄光を、まだ見ぬ後輩たちへ伝えるために。そして、これを書き繋《つな》いできた先輩たちのために。やっぱり無理だと思ったら、バインダーごと捨ててくれて構わない」

とにかく、いまは練習するしかない。
川地はペンライトをつけた。
もう退屈なんてできなかった。

あしたのために　その３

三年生になってしまった。始業式での校歌斉唱を、川地《かわち》は口パクで済ませた。メロディーはわかっていても、歌詞をまったく覚えていなかった。このまま覚えずに卒業してしまいそうだ。最上級生になったところで、もちろんむさ苦しさに変わりばえはない。教室が一つ上の階になってしまったことを面倒くさがり、同級生たちは嘆いていた。

「エスカレーター設置してくれよ」

なんてぼやいている。

三年Ｄ組は私立文系志望クラスと呼ばれている。やる気のない者たちが集められたようなものだった。

川地はぼんやりと窓の向こうを眺めていた。そばにいる沢本《さわもと》は、その様子を眺め、眉をひそめていた。

小林《こばやし》はいつものように窓際の後ろの席で眠っていた。

「ＳＦさんの新曲が昨日あがったんだけどさ、今回は……」

「なー」

「そういやイシハラも進級できたね、保健室登校しているっていうけど、ほんとかなあ……」

「なー」

「今日の天気、晴れ時々ぶた、らしいよ」

「なー」

なにを話しかけても上の空なのに腹を立て、沢本は川地の頭を掴《つか》んだ。

「なにすんだよ」

やっと我に帰った川地が抗議の目を向けると、

「ぶたが空から降るわけねーでしょ」

沢本は掴んでいる指に力をこめた。

「……ガルシア・マルケスなら」

「なにそれ、芸人かなんか？　カワちん。ふ抜けてるんだけど」

「んなことねーよ」

「嘘《うそ》だね。世田谷《せたがや》線の女と話せるようになってから、朝に全精力、使い果たしているんでしょ」

教室が急に静まり返った。そして、

「おんなっ⁉」

男たちが川地たちに注目した。まるで餌を前にした、飢えた犬みたいだ。飛びついていいものか、まずは窺《うかが》っているらしい。

「カワちん、ついに一年越しの夢、甲洋《こうよう》女子の芦川《あしがわ》アカリと会話成功しましたー！」

沢本は、猛獣使いにでもなったつもりか、周りを煽《あお》るように話した。

「どういうことだ、それ」

震える声で訊《たず》ねたのはそばでパンを食っていた三橋《みつはし》ヨウヘイだ。いつだって三橋は、出会いがない、恋がしたい恋がしたい、と嘆いていた。

「世田谷線に乗ってる数分間、女子と会話するようになったもんねえ」

教室の空気が急に薄くなったみたいに、男たちは口をぱくつかせた。

「嘘だろ……」

まるで不条理な出来事にでくわしたみたいな声を誰かがあげた。

「マジ」

沢本がその独り言に返事をした。

教室にいた男たちが川地たちを囲んだ。まるでこいつら、人間を見つけたゾンビだ。

「まさか川地がここ数年なかった下剋上《げこくじょう》を起こすとはなあ」

岡田《おかだ》タカシが、髪をなでつけながら、しみじみと言った。岡田は高校生活に見切りをつけ、大学デビューに向けて日々身だしなみに気をつけている。

「おい、やめろよぉ」

川地はわざとらしく首を振ったが、にやついている。

「うん、もしいま誰かを殺していいなら、お前選ぶわ」

「誰かー、暗殺できるやついないー？」

クラスメートが川地を小突いたり、首を絞めたりして騒いだ。

同級生たちには、家族と店員、同じ塾以外の女子との会話など、ほとんどなかった。なので、出会いのきっかけに興味津々だ。

「どこでそんな奇跡が起きたんだよ、教えろよ」

赤木《あかぎ》ユウヤの問いに、周囲も頷いた。他人の恋バナが羨ましくて仕方がない年頃だった。

「別に、普通だよ」


川地が電車を降りて、ベンチで本を読んでいたときだ。ようやく読み終えて、ほっと一息ついたとき、なにか気配を感じて本から視線を外すと、いつも遠くで眺めているだけだった女の子が興味深そうに川地を見ていた。

「すごい顔しているから、なに読んでいるのか気になってずっと見ちゃった」

彼女が笑いかけてくれて、川地はさっきまで読んでいた小説の結末なんてすっかり忘れてしまった。


「なんだそれ、ラブコメ漫画か？」

男たちは唖然《あぜん》とした。女子のほうから話しかけてきた？　嘘だと言ってくれ、イチ高の制服を着ているのに？

「いやいや、まあまあ、お友達になっただけなんで」

川地は立ち上がり、トイレ、とふらふらした足取りで教室から出ていった。思い返して頭に血がのぼっているらしかった。

そんな後ろ姿を男たちはただ憎らしげに見送った。

「あいつ、そのシチュエーションをオカズに飯何杯でもいけるな」

赤木が言った。女の子のことなんて興味ない、セパタクローに夢中、といったふうだが、やはり気になるらしい。

「サワもん、知ってることを全部吐け」

長門《ながと》レンが沢本の肩を揺さぶった。美術部の長門は、経験もないくせに下手《へた》くそなエロ漫画を描いている。やけに焦って、「勿体《もったい》ぶるなよ」と急《せ》かした。

「別に」

沢本は仏頂面のまま答えた。

「なんだよ、サワもん連れションしないのか、珍しい」

高橋《たかはし》ハルキが言った。その場にいる者のなかで、一番冷静に振る舞っていた。いつだって坊主頭だからモテない、なんてぼやいているくせに珍しい。

「いまはトイレしたくないもん」

沢本の表情は変わらなかった。

「いつも川地にひっついているくせに」

「昨日は一人で渋谷に行ったもん」

「それ普通だから」

誰かが憐《あわ》れむように言った。

川地が出ていって、時間を見計らっていたらしい沢本が、続きを話しだした。

「ぼく、見ちゃったもん。あの女と宝田《たからだ》ハヤトが楽しそうに並んでパルコに入っていくの。絶対デートだよ」

さっきの暴露を超えた暴露である。

「宝田って、まさか……」

「そう、あの宝田ハヤト」

沢本が頷《うなず》いた。眉を寄せているが、口元は緩んでいる。

教室は再び沈黙した。

「それ絶対に川地には」

「訊《き》かれもしないのに言わないけど～」

沢本は勝ち誇った笑みを浮かべた。

「宝田といたってことは」

「そうだな、身ぐるみ剥がされて、なあ」

杉山《すぎやま》コウタと木下《きのした》トモヒロが小声で囁《ささや》き合っている。勝手にエッチなことを想像しているらしい。

そのとき、廊下から、ばたん、と倒れる音がした。

「なんだ？」

赤木が廊下を覗《のぞ》くと、川地が突っ伏して倒れていた。トイレには行かず、教室で羨ましがっているみんなの話に、聞き耳を立てていたのだ。

「おい。川地、息してる？」

赤木が慌てて川地を起こし、頬を軽く叩《たた》いた。

教室からぞろぞろと男たちが出てきた。皆、川地の姿に、さっきまでの羨ましい気持ちなど吹っ飛び、ただ、憐れむことしかできなった。

「元気出せ、宝田を好きな女なんてろくなもんじゃねえよ！」

「そうだよ、あんなやつ！」

突然クラスの連中が川地を励まし始めた。

「顔がよくて身長高くて足なげーからって鼻にかけやがって！」

「バレンタインのチョコ二百個もらった？　糖尿病になっちまえ！」

「だいたい初めて付き合ったのが小学一年って、餓鬼《ガキ》はおとなしくドッジボールしてろよ」

「ネットにあげてるくだらねえ踊りのショート動画、なんなんだ！　つまんねえんだよ」

「インタビューにスカして答えてたぞ。『俺、意外と背中で語れてね？』だってよ、アタマ空っぽのくせしやがって！」

全員が口々に宝田をディスりだした。

「どれだけみんな、宝田のこと嫌いなの、そして詳しいの？」

沢本は皆がやたらと興奮している様子に恐ろしくなった。

「ネット見ていると、おすすめにでてくるんだよ！」

三橋が吠《ほ》えた。

「それ、絶対検索したから薦められてんでしょ」

「あいつ、なんかやらかして炎上してくんねえかな」

不穏な発言まで口にする者までいた。しかし、謎にクラスが団結しだしている。

「……芦川さんを、宝田の魔の手から守らなきゃ」

呻《うめ》きながら、川地がよろよろと立ち上がった。ボクサーだったらもう立たないでいい、とタオルを投げられるだろう。

「お前、諦めが悪いな」

長門が呆《あき》れて言った。

「カワちん、硬派だから」

沢本が川地の肩を抱きながら、答えた。

小林は輪に入ることなく、窓の外をぼんやり眺めていた。


翌日の放課後、川地たちが部室に寄ると、中平《なかひら》はいつものようにだらしなくソファに横になっていた。

「いいニュースと悪いニュースがあります」

神妙な面持ちで、沢本が切りだした。

「いいほうを」

中平はあくびを噛《か》み殺《ころ》した。この男は働きもせず、いったいなにをやっているのか。どうやって生活をしているのか。もう川地たちはそんな疑問を口にすることもない。堂々としていると、周りも気になんてしなくなる。

「実はぼくら、フェスティバルの予選を突破しました〜っ！」

沢本が大袈裟《おおげさ》に拍手をしても、それに追随する者はいなかった。隣の川地はすっかり気が抜けていたし、小林も腕を組んでむっつりしている。中平に至っては喜びもせず、鼻をほじっていた。

「ふーん」

「リクション薄っ！」

「きみたちが予選を突破するのなんて、ぼくはわかっていたよ」

中平は気だるそうに起き上がった。沢本がお祝いにと用意したフルーツ・オレを、当たり前のように飲み始めた。

「そんなにぼくらのことを評価してくれてたんですか」

「いや、主催側からしたら、きみたちはにぎやかし、お客さんのトイレタイムとして選ばれるだろうなあって」

「……」

鼻に続いて耳をほじりながらジュースを飲む中平に、沢本は「どっちかにしろよ」と言ってやりたかった。

たしかに、出場者がどんな連中なのかはわからないが、これまでの大会を見た限り、全員キラキラしていて、身震いを起こす。絶対陽キャだ！

自分たちは、正直言って、泥臭いしＳＮＳもしていない。まったく無名だ。

「で、悪いほうは？」

指についた耳垢《みみあか》を落としながら、中平が訊ねた。

「それが。今回から要項が新しく付け加えられていて。本番ではオリジナル曲を必ず一曲は用意してくださいって」

沢本が肩を落とした。どうやら小林が黙っているのも、この問題の解決が見当たらないからしかった。

「ここ最近は自分たちで作った音源でパフォーマンスするグループが多くなったからって」

「悪いのってそれ?」

中平が鼻で笑った。

「はい」

「きみの横で瀕死《ひんし》のカワちんはいいの?」

「じき戻りますよ」

沢本は呆《ほう》けている川地を一瞥《いちべつ》すると、にやにやしだした。

「なんかサワもん。嬉《うれ》しそうだな」

「それがですね!」

沢本が身を乗りだした。


今朝のことである。

「芦川さん!」

川地は混雑する世田谷線の車内で声をかけた。少々うわずっていて、緊張しているのが丸わかりだった。

「川地くんおはよう」

声をかけられたほうはとくに川地の心持ちなど気にも留めず、笑顔で頷いた。

「はい！」

まるで鬼軍曹を前にしてでもいるかのように川地は背筋を伸ばしていた。車内にいた客が非難の視線を向けた。

「借りた本返すね、面白かった。気になって映画も観《み》ちゃった」

芦川がカバンから文庫本を出して、川地に渡した。

「はい！」

まるでプレゼントをもらったみたいに川地は両手で本を受け取り、大事そうに胸に押し当てた。そもそも自分の本を返してもらっただけなのを、忘れているみたいだった。

あのとき読んでいたのが『わたしを離さないで』でよかった。その前に読んでいた『裸のランチ』でなくて本当によかった。

「いまはなにを読んでいるの？」

「あ、これです」

川地がリュックサックから本を出して見せた。

「クリストファー・プリースト？　『魔法』って、面白いの？」

「けっこういいですよ」

なぜか自慢げに答えた。

「読み終わったら貸してもらおうかな」

「ええと、芦川さん、好きですかねえ」

最後まで読んで、貸しても大丈夫か判断しないと。それにまだ、芦川の小説の好みをリサーチできていない。

「もう少し打ち解けてくれないかな～」

芦川が笑った。

川地のほうは、芦川と会話できていることに舞い上がっているし、表情の一つ一つに、いちいち大発見でもしたみたいにときめいていた。

「では！　質問してもよろしいでしょうか」

川地が言った。

そろそろ乗客に「うるせぇ」と怒鳴られるのではないか、と沢本はヒヤヒヤしながらそばで見守っていた。

「質問コーナー？　いいよ」

「ハナ高の宝田さんと付き合ってらっしゃるんですか？」

目の前の女の子が急に無言になった。川地は即、まずった、と気づいた。

「あ、いや、セックス芦川さんとお友達に、いや、あ、せっかくです、いまのなしで」

川地は自分が口にしてしまったワードに慌て、高速で首を横に振った。これでは壊れた人形だ。

「川地くん、駅ついたよ」

芦川は笑顔だったが、目が川地を拒否していた。

ちょうど電車は駅に停《と》まり、挨拶もうまくできず、川地は電車から降りた。

「……なるほど、質問したらとんでもない形相されて、あげく、一番してはいけない言い間違いをしたわけか」

先ほどまでのだるそうな態度を改め、中平はため息をついた。「底辺男子高校生の限界だな」

「まじで最高にコメディアンですよね～」

「サワもん、ほんと嬉しそうだな」

中平は呆れて首をひねった。

「そんなことないですよ～、ね？」

沢本が川地のほうを向いた。

川地は首のすわっていない赤ん坊のようになって、ソファの背もたれに頭を乗せていた。

「きみらの腹の底はどうでもいいや、では第二段階にいくか」

「はい」

沢本が顔つきを変え、頷いた。

後ろで立っている小林も、目を細めた。

「三人だけでは盛り上がりに欠ける。コアメンバーの文芸部を中心に、他にも一緒にやってくれるやつを見つけなくてはならん。最低でも十人は欲しいな。群舞ができて、見せ場も作れる。舞台は野外音楽堂で、広いしな」

「って誰がやってくれるの！」

沢本が頭を抱えた。なにせ今年も新入部員は入ってくる様子はない。

「クラスのみんなでも誘ってみたら？」

中平はソファに寝転んだ。


「みんな、帰り際にすまない。一生のお願いを聞いてほしい」

終礼が終わり、西河《にしかわ》が去ってすぐ、川地は教壇に立った。

帰ろうとするクラスメートたちが、かったるそうに見上げた。

「俺たちとヲタ芸してくれないか！」

川地が頭を下げると、教室が静まり返った。

顔をあげたとき、全員がこれまで見たこともない形相で川地を見ていた。


「全員拒否かよ」

川地たちは不貞腐《ふてくさ》れながら廊下を歩いていた。

「そりゃみんな、あと一年我慢すりゃ卒業できるんだし、無駄な頑張りとかしたくないよ」

沢本のほうは、予想通りだったらしく、まったく気にしていない。

「文化祭のときはけっこう盛り上がったのになあ」

「するのと見るのでは違うでしょ」

「とりあえず、イシハラはどうかな」

その名前を聞いて、沢本は呆れた。

「末期だね。ずっと学校にもこないのに、一緒にやってくれるわけないじゃん。顔も覚えてないくせに」

「だめもとで行ってみようかな、あいつんち」

川地は部活の緊急用の連絡先をメモしていた。両親の携帯だろう。公衆電話のボタンをプッシュした。

呼び出し音がしたと同時に、遠くでアイフォンの着信音が聞こえた。

「誰かスマホ持ってきてる。いいなあ。見つかって没収されちゃえばいいのに」

沢本が音の鳴っているほうを向いた。

『はい』

苛立《いらだ》ち気味な女性の声が受話器から聞こえてきた。

「あ、ぼく、私立一高校の三年D組の川地といいます。イシハラくんいますか?」

しばらくなにも返事がなかった。まずったかもしれない。

『……この時間だったら、渋谷の楽器屋にいつもいるわ』

店の名前を告げられた。

引きこもりなんじゃないのか? でも今日びの引きこもりって意外とアクティブっぽいし。

中平みたいに、ってあれはただのニートか。

「ありがとうございます。じゃあ、行ってみます」

『ヤスユキになんの御用?』

「ええと、部活にきてくれないかなあ、って思いまして」

『これまで連絡してこなかったのに、今更?』

電話が切れた。

「なんか、怒られちゃったかも」

川地が受話器を下ろすと、理事長が歩いてきて、川地の前で立ち止まり、一瞥した。

「え、なんですか?」

怯《おび》えながら訊《たず》ねても、答えずに去っていった。

「もしかして、挨拶されるの待ってたんじゃん。ぼくら、顔バレしてるし」

沢本が理事長の背中を見送りながら言った。

インスタ・TikTokフォロワー百万人超え! インフルエンサー高校生「生まれたときから男前♡」宝田ハヤトインタビュー
「好きなことやってるだけなんで、全然ノーストレスです。忙しいとか全然気になんないですね、若いんで(笑)」
「俺、高校ギリ補欠で受かったんすよ。誰か受かるはずのやつがヘマでもしたんじゃないっすかねえ、蹴落としちゃったんじゃね? とか(笑)」
「ハマってるものは――。最近ネットで楽曲あげてるSFさんやばくないすか? 小学生のときからダンスやってんで、コラボとかできたら最高じゃないかな、とか。SNS相互してもらってるんで、ありかも(笑)」

沢本はバスに乗っているとき、コンビニでもらったフリーペーパーを読んでいた。宝田ハヤトのインタビューが見開きで載っていた。

同い年だっていうのに、自分たちとはえらい違いだ。オリジナルグッズを発売し、コンビニのコピー機でブロマイドをプリントできるらしい。今後の予定も目白押しだ。CM出演にファッションショーと、大活躍。ネットに自分のイキった毎日をあげているだけで、こんなになるものなのか。自分だってそうなりたいなんて、大それたことは思わないけれど、心のどこかで妬ましかった。

沢本も最近ハマっている、ネットに曲をアップしていて注目されているクリエイターのSFと、相互フォローしているなんて羨ましい。

「『全国高校生パフォーマンスフェスティバル』出場決定！　自ら応募して高校最高の思い出を作るハヤトくんから目が離せなくてやばい♡♡♡」

沢本は目を疑った。

自分たちは、宝田と優勝を争うってことか？

ぼうっと窓の外を眺めている川地に、沢本は声をかけた。

「カワちゃん」

「なんだよ」

川地が振り向いた。

「いや、なんでもない、です。呼んでみたかっただけ」

「しょーもな」

告げるのはいまじゃない、と川地の顔を見て思った。


渋谷の楽器屋で、思い切って何人かに声をかけてみたけれど、石原《いしはら》ではなかった。

「もう帰っちゃったのかな」

沢本が言った。

「無駄足だったかな」

二人はピアノコーナーで、売り物の椅子に勝手に座って一休みすることにした。奥でずっと弾いている男がいた。座っていても、背の高いことだけはわかる。

「うまいねえ。やっぱ小さい頃からやってないと、ああはなれないよねえ」

曲名はわからなかったが、クラシックだった。ちょうど曲が終わり、男が肩を回した。

「退散するか」

川地が立ちあがろうとしたときだ。再び演奏が始まった。

「あ、ＳＦさんの新曲」

沢本が言った。

さっきまでとは違う、勢いのある曲だった。

「すごい、本物みたい」

二人はしばらく、聴き入った。演奏が終わると、沢本が大喜びして拍手した。

ピアノを弾いていた男が、振り向いて、警戒する目つきで二人を見てから、会釈した。

「あ」

川地は男のほうに走り寄った。「もしかして、きみ、イシハラくん？」

青白い痩せた男が、こくりと頷《うなず》いた。


三人は近くにあった牛丼屋に入った。

「ここ、カワちんの奢《おご》りだから、好きなの頼んでいいよ」

沢本が注文用のタブレットを石原のほうに向けた。石原はなにも言わず、表示されているメニューを珍しげに見ていた。

「奢るなんて誰も」

川地は財布にいくら入っているかと心配になった。

「だって、誘ったのはぼくらなんだし」

沢本が肘でつっついた。

石原は熟考しているらしい。いつまでも決まらないので、

「じゃあ、並でいいよね」

と沢本が勝手に決めてしまった。

「イシハラくん、ピアノうまいね」

川地が話しかけても、石原は目を見ず、頷くだけだった。

一緒にヲタ芸しない？　なんて誘える雰囲気にならない。

「でもどうして楽器屋さんで弾いているの？」

「……いまのうちが狭くて、ピアノないし、ずっといるの、家族に申し訳ないし」

石原はとぎれとぎれにゆっくりとしゃべった。

「だったら学校きて音楽室で弾けばいいのに」

沢本のなにげない言葉に、石原はなにも反応しなかった。

「サワもん」

ぐいぐい押しすぎだ、と川地は沢本を止めた。うちが狭くてピアノがない。引きこもっていられない。つまり、ビンボーなのかも、と川地は勝手に想像した。

牛丼を食べたらこのままお別れかな、と諦めかけたときだった。

「イシハラくん、作曲とかできない？　ぼくらダンス大会に出るんだけど、オリジナル曲が必要なんだよねえ」

沢本が牛丼をかきこみながら言った。話題もとくにないし、「なんで学校こないの？」なんてデリケートな質問もできない。音楽が好きなんだろうな、と適当に話題を振ったらしかった。

石原はとくに答えない。

「さっきSFさんの最新曲弾いてたじゃん。つい最近アップされたばっかなのにすぐ弾けちゃうなんて才能あるよね。あーあ、SFさんが曲作ってくれたら、フェスティバルで優勝して、ついでに学校も廃校にならないのになあ」

沢本は気にせず勝手にしゃべっていたが、石原の箸が止まったのに川地は気づいた。

結局食い終わってからも石原とまともに会話できずに、店を出た。川地の財布の中身は、からっぽになってしまい、２４６沿いを三軒茶屋まで歩くしかない。

「……曲、作りましょうか」

別れ際に石原が言った。

「え、いま時空が歪《ゆが》んだ？　その話題けっこう前にしたよね！」

大袈裟《おおげさ》に驚く沢本の頭を、川地は小突いた。

「……どんな曲がいいんですか」

「作れるの？」

川地は訊ねた。

「……はい」

「ＳＦさんの新曲みたいなのがいいよね。歌詞はあったほうがいいけど、曲だけでもかっこいいよね」

沢本が好き勝手に言った。

「……だったら、すぐにできますけど」

「えーっ、ちょっと舐《な》めすぎてない？」

沢本が、お気に入りのアーティストを馬鹿にするなと顔をしかめた。

「曲って、毎日いろんなことを考えていたら、急にぽんって思い浮かぶものだから」

石原の言葉を聞いても、川地には意味がわからなかった。

「じゃあ、ＳＦさんぽくて、あと米津とかＡｄｏとかヨルシカとか YOASOBI……ボカロの……」

ちょっと腹を立てているらしく、沢本が次々と自分のお気に入りを挙げた。「そんなやつで！」

「……歌詞は書けないんで、そっちで用意してください」

石原は小さくお辞儀をして、背中を向けた。

「ちょっと待って！」

沢本が呼び止めた。「あの、お近づきのしるしに、これ」

途中のコンビニで買ったシベリアを渡した。

「……ギャラですね」

石原が手にした菓子をしばらくじっくりと見て、言った。

「クラスの勧誘、頑張るしかありませんなあ。文芸部抜かしてまだ十六人いるわけだし、誰かノリでやってくれるかも」

沢本は石原が見えなくなってから、言った。

「そうだな」

「なんで急にいきなり自我を出し始めたかねえ」

「いや、多分、あいつ、一つ一つの質問にちゃんと答えたいけれど、うまく言葉が見つからなくて、しゃべれなかったんじゃないかな」

石原の演奏は、楽譜をうまく再現しただけのものでなくて、彼なりの伝えたいことがあって、それを表現しようとしているのではないか、と川地は音楽の知識がないながらに感じた。

「もしかしてぼく、イシハラの地雷踏んだ？」

「かもな」

「でも、もしコバやんがいたら、キレてたよ」

沢本は急に悪いことをしたと思ったらしく、話を変えた。

「そういやあいつ、今日用事がある、とか言ってたけど、夜の練習くるかなあ」

「コバやんは一番頑張ってるから、くるよ」

自分だって頑張ってるつもりだけど、と川地は少しむっとしたけれど、言い返さなかった。

川地たちが石原と牛丼を食っていた頃、二子玉川《ふたこたまがわ》の喫茶店では小林が、母と向かい合っていた。

「おとなしくしているんでしょうね」

母はコーヒーを頼むと、迷惑そうに言った。

「してるよ」

小林は、母と会うのがたまらなかった。毎月、母と待ち合わせして、生活費を渡される。振り込みでないのは、息子に会いたいからではなく、問題を起こしていないか、監督するためだった。

本当は、俺の顔なんて見たくないのだろう。小林は母と目を合わせなかった。

「お父さんに感謝しなさいよ。大学の学費も出してくれるんだから」

そいつは俺の「お父さん」じゃない、と小林は口を固く結び下を向く。だからといって、俺の実の父親は、自慢できるような人間でもない。いまではどこでなにをしているのかわからなかった。

「感謝することもできないの？」

俯《うつむ》いている小林に、母がため息をついた。

小林は、目を合わせたら、口を開いたらなにを口走ってしまうか、自分が怖くて、いつだってただじっと黙ることしかできなかった。

学校や街で恐れられている自分は、こんなにも弱い。

「あなたは頭が悪いんだから。みんなが迷惑しているのよ。いつだって問題を起こして……、あの事件だって」

母があのことを蒸し返し始めた。

違う、そうなんじゃない、と反論したくてたまらなかった。叫びたかった。

俺の身体《からだ》にはガキがいる。小林はそう思っていた。

いつもえーんえーん、ママ、ママ、ってずっと助けを求めて泣いている気がする。

小さい頃の俺が、ずっと。

でも、誰も助けてくれやしないし、抱きしめられることもなかった。

ただずっと、自分は永遠に真っ暗闇のなかで泣いているんだ。

目の前の女は、もう俺の母親じゃない。金持ちの男と結婚して、すっかり奥さまなんて呼ばれることにも慣れきった、この人に、小林だってもう、愛情を求めることはしない。

早く、大人になりたい。

「ありがとうございました」

小林は、歯を食いしばりながら、深く頭を下げた。

小林は世田谷公園に向かった。

待ち合わせ場所の噴水前で、川地たちがキンブレを振って迎えた。それはとても綺麗《きれい》で、自分を待っていた二人のバカ面がのんきすぎて、さっきまでのしみったれた気持ちが少しだけ溶けていくような気がした。

「ねえ聞いて、超レアなことがあってさ、イシハラがさ～」

沢本はぺらぺらしゃべり始めた。

こいつらは、さっきまであったことを知らない。別に知ってほしいなんて思わない。むしろ、こんなふうに能天気な顔をしている二人を見ていると、さっきの喫茶店のことなんて、本当のことではないように思えた。

「どこ行ってたの？」

なにげなく川地に訊《たず》ねられ、

「女んところ」

と小林はぶっきらぼうに答えた。ほっとしていることに気づかれないように。

連日、川地と沢本はクラスの連中をことあるごとに勧誘した。周りもそんな風景に見慣れ始めてきていた。

「アカくん、ヲタ芸やろうぜ！」

帰りに川地に声をかけられた赤木は、川地を押しのけた。

「サザエさんの中島《なかじま》のテンションだな」

「このくらい軽いノリだったら、勢いでやってくれるかなーって」

そんなわけないだろう。赤木からすればただウザったいだけだ。そもそも、部活として成立しているだけ、いいじゃないか、と恨めしかった。

赤木の所属していたセパタクロー部は、去年で廃部となってしまっていた。

「セパタクローなんてさ。誰もやんないじゃん」

川地の軽口に、赤木はかちんときた。

「ヲタ芸くらいにな！」

振り返って怒鳴ると、その声を聞きつけ、あちこちの教室から生徒たちが顔を覗《のぞ》かせた。

まったくむしゃくしゃする。

そのとき、意地の悪い思いつきが浮かんだ。それはちょっとした無理難題だった。

「じゃあ。俺の願いを叶《かな》えてくれたら考えてもいい」

「えっ、いいの？　なんでもするよ！」

川地は望みを聞く前に、前のめりになって承諾した。


「まだ言ってんのかよ」

岡田はトイレに行こうとしているところだった。

「神さま！　オカどんさま！」

川地は小便器の隣にまでついていき拝んだ。

「絶対やだ」

「もう一声！」

なにをどう一声なのか。岡田は洗面台の鏡を見ながら髪をセットした。

「もちっとお前らさあ、大学デビューに向けていろいろやることあるんだろ」

「大学って、まだまだ先じゃん」

「甘いな。寸前になって慌てるぞ。なにを着るか、どんな髪型にするか、そもそも女子との話題だって調べておかなくちゃならんだろ」

きょとんとした顔で眺めている二人を、岡田は憐《あわ》れんだ。まじでこいつら餓鬼《ガキ》すぎ。一生右手が恋人決定。

「来年になったら流行《はや》りだって変わるし、卒業してから考えればいいじゃん」

岡田は、沢本の言葉に不意を突かれて黙った。たしかに、今日びの流行のサイクルは早い。

「大会は夏休みだし、思い出作りってことで」

川地が続けた。

こんな学校の思い出、いくら作ったところで無駄だ、と口にしようとしたとき、いいことを思いついた。

「うちの演劇部の文化祭公演なんだけどさあ」

岡田はにやにやしながら話しだした。その思いつきに笑えて、うまくしゃべれない。

「エキストラとか大道具とか全然手伝うから！」

川地が挙手した。

「文化祭でお前ら女装してくんないか」

演劇部一年は発表会では女役。それが暗黙のルールとなっていた。今年は入部希望者がいない。部員全員が頭を悩ませていた。自分は三年生なので、二年がじゃんけんで決めればいい、くらいに思っていた。こいつらをもの笑いの種にして「思い出作り」させてやろう。

「しないなら別に」

「それやったら一緒に?」

川地は大真面目《おおまじめ》な顔で訊ねた。隣の沢本は、川地の腕を掴《つか》んで首を振っていた。

「考えなくもー、ない」

岡田は川地がどんな返事をするかゆっくり待ってやるつもりだった。悩み抜く顔を楽しんで……。

「やります」

川地は即答した。

岡田は、その真剣な顔に、逆にたじろぐ羽目になった。

「カワちん」

沢本が掴んでいる腕をゆすった。

「なんならサワもんもつけるから。俺たち昔、『ぐりとぐら』で主役やったことあるし」

「小学校の放課後クラブじゃん! 勝手に決めないでよ……」

沢本がうなだれている様子を見ても、岡田は笑うこともできなかった。文化祭でヲタ芸を披露して以来、こいつら、度胸がついたのか居直ったのか。

みんなが根負けしたところを、うまく懐柔する……というのが川地たちの作戦であった。手間と時間はかかるが、結局遠回りが一番近道なのだ（と、中平が偉そうにぬかしていた）。

放課後の教室、勧誘疲れで川地たちがぐったりしていると、軽音楽部の木下トモヒロがにやにやしながら近づいてきた。

「キノッぴい、なんだよ」

どうせ馬鹿にするつもりなんだろう。軽音は「ふれあいコンサートに出る」ことを目標としているので、参加する気はさらさらない、と部長の山内《やまうち》にはっきりと宣言されていた。くそ真面目な牙城を切り崩すのは難しいから、後回しにするつもりだった。

「俺。やってもいいよ」

思いがけない提案に、川地と沢本は立ち上がった。

「マジ？」

木下はにやにやしながらニキビ面を掻《か》いた。

「この、大会なんだけどさ。中学まで推してたアイドルが審査員するらしいんだ」

「あー、若手俳優とのお泊まりをすっぱ抜かれてやめた子だっけ」

沢本が言わないでもいいことを「知っている」アピールした。

「カジュアルに抉《えぐ》ってくれるなよ。まだあのときの古傷は癒えていない」

木下は肩をすくめた。「でさ、サインもらえるかもだし、記念写真も撮れるかもじゃん」

アイドルの時はツーショット写メ会の倍率マジでやばかったんだから！　とまるで自分の手

柄のように木下は語った。

「昔の推しのサインっている？」

川地は不思議に思った。ドルヲタとはわからないものだ。

「繋《つな》がりとか持てたら最高だろ、あと、スギちゃんもやってもいいってさ、アニソンで踊ってる動画、好きでよく観《み》ているんだって」

繋がりなんて持てるわけねーだろ、という言葉は、後半の発言によって、

「まじか」

に変わった。木下と杉山、いきなり二人メンバーが増えた！　これは大きな一歩だ。

「でも」

木下が肩をすくめて続けた。「ワッちとヤマが承諾してくれるなら、なんだけどさ」

「それは……」

一歩どころか、二歩下がっているではないか。山内だけでも手強いのに、和田《わだ》も？

「軽音、ここしばらく練習に身が入らないんだよなあ」

和田リツは人生のピークをすでに過ぎたと思っていた。小学生のとき、かわいい天才ドラマー、とテレビで取り上げられ、周囲からもてはやされたことがあった。大人にちやほやされたけど、高校生になったらドラムをやっているやつなんて別に珍しいことでもない。それに、才能がなければやっぱりある程度までしかいけないのだ。そんなふうに思えてきて、まったく練習に身が入らないらしい。

山内ミツルのほうはすでに高三にしてプロになれないと悟っていた。バンプとかミスチルみたいに、才能あるやつの周りには自然と人材が集まってくるものだ。俺の周り、ダメなのばっか。ていうことはつまり、自分もたいしたことないってこと。趣味でバンドやるだけとか、納得いかない。

そんなふうに中心メンバーの二人が勝手に悩んでいるものだから、練習のたびにピリついているという。

「あのさー」

話を聞き終え、沢本がわざとらしくため息をついた。

「カワちんなんて、世の中のことなーんも興味がないんだよ。しかもフラれたばっかりだし。やりたいことあって、仲間もいるんならそれで充分でしょ」

沢本は芦川の一件以来、川地に対して当たりがきつい。まるで彼氏に浮気された彼女だ。

「まだフラれてない」

川地は言った。ただ、あれ以来芦川と遭遇するのを避けていた。嫌われたことを確認したくなかった。

「あ、ごめんごめん、フラれる以前の段階止まりでしたね」

沢本も引き下がろうとしない。

「……話を逸《そ》らすなよ。二人が元通りに楽しくバンドをするためには、音楽以外の思い出作りじゃないか？　共同作業っていうか」

川地はリュックに入れっぱなしにしていた『チャート式青春』を開いた。

友人関係編のページを適当に開いてみた。

『わたしたちはそれぞれ問題を抱えている。その悩みは、結局自ら解決、あるいは認めることでしか解消されない。しかし、友と共に同じ目標に向かうことで、解決のチャンスを掴むことができることがある。』

「学生時代にバンドやっていましたって、冴《さ》えないオジになったら散々語れるだろ、もう共同作業なんていらなくねえか？」

ずっと傍観していた小林が口を開いた。

「別に老後のためにバンドやってねーし」

木下もむっとしたらしく、口をとがらせた。

「どのバンドもだいたい裏じゃドロドロなんだし、よくある話でしょ」

沢本が適当なことを言った。

「お前ひくほど口悪いな」

小林が呆《あき》れた。

「そうだ、音楽以外の目標、例えば体育祭を使おう」

川地はファイルを閉じた。

高橋ハルキは人生の岐路に立たされていた。日曜日のことである。

「え、どちらさま」

その日は、中学時代の同級生と会う約束だった。

待ち合わせ場所の喫茶店に入ると、中学の同級生だったマサコの隣に、女の子が座っていた。

高橋は被《かぶ》っていたキャップを脱いだ。しばらく床屋に行っていないので、中途半端に伸びた坊主頭が恥ずかしかった。

「このコ、同じクラスのメイちゃん」

マサコが紹介した。

その女の子は、軽く会釈をすると、値踏みするみたいに高橋を眺めた。それから小一時間、彼女は恋愛に対する持論を展開した。


「……ちょい待ち」

教室でその話を聞いていた連中は、ある一点にひっかかった。

「なに、いつのまに、ターちゃん、中学の同級生と、付き合ってるの?」

代表して訊《たず》ねたのは岡田である。全員が返答に注目した。高橋は、

「いや〜、まあ、なんていうか、同窓会で再会して、ちょっと」

などと照れていた。

「なぜ教えない!」

もちろん彼らは祝福などしない。抜け駆けしやがった、とさもしい根性を丸出しにして高橋に詰め寄った。

「キレるとこ、そこ?」

高橋はただ悩みを打ち明けただけだというのに、周りの態度が豹変《ひょうへん》して戸惑っていた。

「そういえば、お前急にリュックにマスコット付けだしたよな」

「まさか、ペアか?」

話が別の方向に向かっていった。

「待て、マスコット問題はあとにしよう。話を続けろ」


以下、メイちゃんかく語りき(要約)。

「うちの高校でアンケートがあったの。男性経験あり五十二パーセント。これって多いと思う? 少ないと思う? でも、数字に惑わされちゃいけないと思うの。興味があったとしても、そもそも未成年のわたしたちが早いとか遅いとかでコンプレックスを持つなんて、無意味よ。

そうね、大学受験を終えたらキスしてもいいんじゃない? やたら身体を繋げようとするのは不潔だと思う。いくら避妊に気をつけても妊娠のリスクはあるわ。もしなにかあったとき、傷つくのは自分だけじゃなくて、家族や周りのみんな全員よ。責任とれると思う?

そうそう、おちんちん何センチ?

まさか包茎じゃないわよね? だったら手術しておいて。

結婚を考えたら将来的にもランクB以上の大学が望ましいわ。Aランクは……高橋くんの高校だったら現役だと難しいんじゃない? そう考えたら、こんなところでコーヒーを飲んでいる暇ないよね。交際なんかより勉強したほうがいいんじゃないの?」

高橋の話が終わっても、教室はしばらく静まり返ったままだった。彼らはどの授業よりも集中していた。

「……なんだその女」

誰かが口火を切った途端、全員一斉に騒ぎだした。

「ランクって。彼女でもそんなこと言われたら腹立つのに、友達⁉」

「しかもサイズ教えろとか。包茎かとか、ていうか、高橋手術すんの？」

「仮性でもしたほうがいいかなあ」

高橋がうなだれた。

「……清潔にしときゃいいだろ」

誰かが言った。どうやら気にしているらしく、少々弱気な口調である。

「ってそんな話じゃない！」

正気に戻った者が止めた。

「何様だ、そいつ。顔が見てみたいわ！」

「帰りに三人で撮ったプリクラがあるけど」

高橋はパスケースを取りだし、加工なしバージョン、と小さい写真を見せた。

全員が再び沈黙した。ごくり、と生唾を飲みこむ音があちこちから聞こえた。

「二人とも美人じゃねえか……」

高橋といい感じになっているほうはおっとりした感じ。その毒舌の友達は、言動同様きつい面持ちをしているが、綺麗《きれい》系だ。

「来週はダブルデートをすることになったんだけど」

高橋が照れくさそうに頭を掻《か》いた。

「おい待て、同伴は」

「ツーさんが断るからまだ決まっていないんだよなあ」

高橋が頭を抱えた。

そこにいた全員が手を上げた。

「俺が行く！」


その夜、津川《つがわ》リョウスケは呼びだされ、いつものホテルではない、ビジネスホテルの一室にいた。部屋はかなり上の階で、窓からは東京の夜景を見渡すことができた。

明かりの数を数えてみたい、と思ったが、やめた。きっと女は「なにかわいいアピールしてんの」と笑うだろう。「そういうの、お姉さんをキュンキュンさせちゃうテク？」とからかうに決まっている。

「結婚すんのよ」

女は洗面所から出てくると、津川に告げた。まるで、「ジュース飲む？」くらいに軽く。

「へえ、誰と？」

津川はベッドに寝転がったまま、訊ねた。ずっと裸のままベッドでごろごろしていたい。

「会社の同僚。つまんない人だけど、ほどよいっていうか」

だとしたら自分は、ほどよかないってことか、と津川は眉間に皺《しわ》を寄せた。

「じゃ、俺どうなんの」

「きみだって、私以外といろいろあるじゃない？」

女は笑った。なにもかもお見通し、といった顔をしているけれど、なにもわかっちゃいない。

「俺、せんせーだけだけど」

茶化《ちゃか》したつもりが、どこか哀れっぽく自分には聞こえて、津川はこんなことを言わせた女に腹を立てた。

「同世代と付き合いなさいよ」

きみなら上手《じょうず》にできるでしょー、と女は笑った。

「英語習ってたはずが、エロいことしか教わってなくって、草生えるんだけど」

「やーね、愛よ愛、しかも秘密の」

女はまったく悪びれなかった。

津川は年上にかわいがられるのが当たり前だと思っている、同年代の女の子より年上のほうが楽だ。気にしてやらなくていいし、あっちからあれこれ気を遣ってくれる。そんなふうに思っていた。

愛されるのと、愛することを、まだまだ両立なんてできない。

絶対あいつ、また連絡してくるに決まっている。女ってだいたいそうだ。津川は帰り道、ずっとイライラしながら、頭の中で問答をしていた。男だけじゃない。女だって若いやつを弄びたくってしょうがないんだ。みんな、そうなんだ。

俺、被害者じゃん。児ポされたってコレコレに訴えて、晒《さら》してやろうかな。

素直に家に帰る気にもなれず、世田谷公園のランニングコースをぐるぐる歩いていた。

「あ、ツーさん！」

声をかけられ、突然現実に呼び戻された気がした。

噴水のそばで、川地が手を振っている。沢本と小林もいた。三人とも学ジャーを着て、ペンライトを握っていた。

「公園で練習してんのかよ。恥ずいな」

「学校だと怒られるからさー」

なぜか川地は照れながら、ペンライトで頭を掻いた。

小林はともかく、こいつら絶対モテねえよなあ。よりによって、ヲタ芸なんかしだして、なにが楽しいんだ。津川からしたら、その魅力なんて、さっぱりわからない。

「一緒にやろうぜ」

小林が珍しく勧誘したので、川地と沢本が思わず「えっ？」と驚きの声をあげた。小林は、とくになにも言わなかった。ただどこか、察するような目をしていた。

「踊ると楽しいよ」

沢本が続けて言った。

「こんなだせえことしてたら、モテなくなるだろ」

津川はそっぽを向いた。

「でもぼくら、結構上達してるんだよね〜」

沢本が誇らしげに言った。

やっぱりこいつら、しょーもねえ、と津川は思った。

「見て見て、いま練習してるやつ！　三人で揃《そろ》えるの」

三人並び、ペンライトを大きく振って光のウエーブを作った。その動きは、まだまだぎこちなかった。だけど、綺麗だな、と津川は口走りそうになった。夜景なんかよりずっと。そのときのことを、後日津川は「血迷った」と悔しそうに笑うことになる。

こんなんやってたらモテないじゃん。……いや俺は。

「なに。変な顔してるの？　お腹《なか》減ってる？　シベリアあるよ」

川地はそばに置いてあったリュックサックを漁《あさ》りだした。

「減ってねーし」

もうモテたくなんかねーや。

なんでもいいや。なんか違うこと、新しいことをしたい。津川は思い切って、

「俺もやるよ。なにかやってなきゃ、変になりそう」

と言った。


日曜日の朝、津川は小学校の体育館に立っていた。川地と沢本同様、すでにジャージに着替えて、準備は終えたものの、この状況にまだ納得できていなかった。

「俺は踊る、と言ったけど。なんでいまコートにいるんだ？」

津川は川地たちを睨《にら》んだ。

「アカくんの夢、セパタクローの試合をするためですけど？」

「だからなんで！」

「試合をすることができたら、一緒にヲタ芸やってくれるって！」

川地が真剣な顔をした。

「だったら俺がいなくても、サワもんとすりゃいいじゃねえか」

「ぼくウンチだから補欠。応援に徹します」

とりあえずレモンのハチミツ漬けを作ってきました〜。と弁当箱の蓋をあけて見せたが、誰もそんなもの欲しくもなかった。

「コバやんは？」

だったら、とへりくだってみると、

「ターちゃんとダブルデート。勧誘の一環です」

と返された。先日誘われて断った案件だ。代わりに即席でセパタクローのルールを叩《たた》きこまれ、今日まで特訓を受けてここに立っている。

がやがやと陽気な声が外から聞こえてきた。赤木を先頭に、小学生の集団が体育館に入ってきた。

「おねがいしまーす！」

小学生たちは津川たちを見ると礼儀正しく挨拶をした。

「せたがやセパタクローキッズのみなさんです」

赤木が紹介した。

「小学生かよ」

津川が小さくつぶやき、舌打ちした。やってられるか。

「舐《な》めたら痛い目を見るぞ。俺がセパを始めてから一度も勝ったことがない」

態度の悪い津川のほうに赤木がやってきて、耳打ちした。

「弱すぎだろ、お前の部活」

デートのほうがまだマシだった、津川は後悔した。


世田谷文学館前で、小林と高橋は、女性陣を待っていた。

「なんで俺が」

小林は苛立《いらだ》っていた。まったく納得していない。

「あいつらを連れてきたらやばいだろ」

他の連中だったら、キョドってろくすっぽ話せやしないだろう。

女の子が手を振って近づいてきた。高橋の中学時代の同級生、目下清い交際中のマサコだ。

やっぱりかわいい。高橋は顔を綻ばせたが、すぐに気を取り直した。マサコの隣には、例の「失礼な美人」、メイがいる。

「へーっ。かっこいいわね」

メイはやってきて早々、小林をジロジロ眺めまわした。

「こいつか、ごちゃごちゃうるせえのは」

小林が仏頂面のまま、ぼそっとつぶやいた。高橋は、人選を失敗したと、肩を落とした。

体育館で行われた練習試合の結果は、惨敗だった。終了のホイッスルが鳴ると、寄せ集めセパタクローチームの三人は、体育館の床に倒れこんだ。

小学生相手に一点も取ることができなかった。コートの向こうで敵は、まったく疲れを見せず、きゃあきゃあと余裕の勝利に喜んでいた。ちょっと遊んでやった、くらいにすぎないらしい。

「クッソ強すぎて草……」

津川が天井を見ながらつぶやいた。

「恐るべき餓鬼《ガキ》どもだ……」

もちろん川地はまったく活躍できなかった。打ちこまれるボールが怖すぎて、手も足も出なかった。

「カワちん、ありがとな」

赤木が上体を起こした。

「アカくん、負けてごめん」

川地はうつ伏せのまま言った。

「俺、大学でもセパやるよ。久しぶりに試合して、改めて、これからも絶対やりたいって思えた。とりあえず、夏まで踊り付き合うかあ」

赤木が伸びをしながら立ち上がった。ここしばらく見なかった、晴々とした顔をしている。

本来の赤木は、スカッとした快男児なのだ。

「やった」

そのとき、おじさんがやってきて、川地さんって人、お電話だよ、と呼んだ。

「なんだなんだ」

管理室に向かい、受話器を取ると、

『あ、俺俺』

と慌てた声がした。

「誰だよ」

『三橋！』

受話器越しに怒鳴られ、川地は耳を受話器から離した。

「ミッたん？　なんでここに俺らがいるの知ってんの、ていうかなに？」

『緊急事態！　小林、デート現場で暴走モード！　すぐにこい！　止めてくれ！』

「は？」

どーすりゃそうなるの？　川地は受話器を落としかけた。

川地たちが試合していたとき、小林たちは文学館の常設展示で作家の写真や生原稿をぼんやり眺めていた。小林はまったく興味がなく、ただ後ろについてくるだけだった。

「小林くん、文芸部なんでしょ？　好きな小説とかないの？」

メイが訊《たず》ねた。

「小説なんて教科書以外で読んだことねーな」

小林は答えた。

「だったら部活でなにやってんの?」

「アニソンで踊ってる」

「なにそれ、もしかして、光ってる棒振るやつ? ウケんだけど?」

メイはなにを言っても、どこか嫌味《いやみ》っぽくなる。本人はノリのつもりだった。そもそも、冗談かと思ったのだ。

「あのさあ!」

小林が突然一喝した。館内にいた他の客が驚いて注目した。

別にその程度の軽口で腹を立てたわけではない。我慢してお付き合いしていることが限界だった。

「偉そうに他人のことばっか、ごちゃごちゃぬかして、てめえはなんもねえからっぽか?」

「小林」

高橋が慌てて止めても、小林はやめようとしない。

「人を見下して、自分がたいしたやつとか勘違いしてんじゃねえぞ、お前」

「やめて違うの、メイは悪くないの!」

マサコがメイを庇《かば》って小林の前に立った。

「おい、高橋の暫定彼女。お前も自分ってもんが」

「メイはひどい目にあったから」

マサコは小林の目をしっかりと見て言った。

「言ってみろ」

自分の恫喝《どうかつ》に怯《おび》えないマサコを、小林は見直した。ただのふわふわしたやつと思っていたのに、意外だ。

「メイ、ハナ高の人にヤリ捨てされて。だからわたしにはそうならないようにって。ほんとに優しいコなの」

マサコの後ろでメイは、顔を背けた。

「誰だ、そのヤリ捨てちんかす野郎は」

「宝田ハヤト」

ここ最近よく聞く名前だ。だいたいが、やっかみみたいな陰口ばかりだったが、言われるだけあるクズってわけか。

「そいつ、いまどこにいる。自分のやっていること、いちいちＳＮＳにあげてんだろ」

マサコがスマホを操作した。

「……区民会館でダンスの練習してるみたい」

「仇《かたき》とったるわ。俺はうるせえやつ以上に、女を泣かすやつが嫌いなんだ」

小林は一瞬、自分の実の父親のことを思い浮かべた。しかしその輪郭はぼやけていて、顔に影がかかっていた。

川地たちが現場に駆けつけたとき、三茶の狂犬、暴走モードによる死屍《しし》累々たる山……なんてことにはなっていなかった。

「間に合ったってことでいい？」

川地が息を切らしながら訊ねても、誰も返事をしなかった。

区民会館の一室で、小林と、そして宝田が睨み合って対峙《たいじ》していた。緊迫した空気に呑《の》まれそうになる。

「謝れ」

「だからなにもしてないって」

川地は初めて宝田を間近で見た。

ブランドロゴがわざとらしいくらいに目立つTシャツ、欲しかったナイキのスニーカー。着ているジャージ、ニードルズだ。そもそもゴールドのネックレスなんてつけている。おしゃれで、自分のおこづかいじゃ買えないものばかり身につけている。

足長いな、この距離からでもいい匂いがする。なんだろ。シーブリーズとかじゃない、たぶんなんかの香水が鼻につく。

なんか……。なんか。

自分はお母さんが買ってきた服を特に考えなしに着ている。恥ずかしい。

川地は宝田を前にして、どんどん自分が小さくなっていく気がした。

あー、肌が綺麗《きれい》だな。洗顔料とか化粧水、なに使っているんだろ。

ていうか、俺、なんでここにいるんだろ。なんか……逃げたい。

「どう思う⁉」

小林が突然川地のほうを向いた。

「へ？」

「ヤリ捨てして連絡なしなんて、最低だろ！」

「はい？」

「だからこのコが盛ってるんだって」

宝田が鼻で笑った。

小林の背後にいるメイは、顔を伏せて震えている。

「ほっぺただろうと、チューはチューだろうが！」

……ん？

問い　ヤリ捨てとは？
☜
考えた結果　一部合体⁉（想像不可能）
☜
答え　右のほっぺ（一部接触）

川地は思考停止となった。

「意味わからんし、あとミッたん」

後ろにいた津川が、そういえば、と三橋に声をかけた。

「なに?」

三橋は剣道の構えのポーズをして凄《すご》んでいる。エア竹刀《しない》の先は宝田に向けられているらしい。

「なんでここにいる?」

「写真見たとき、メイちゃんがタイプすぎて尾行してた!」

三橋は厳しい目つきのまま言った。一大事なときに、また違う問題がぶっこまれた。

小林は完全にキレ通そうとしていたし、宝田は「はい論破」と余裕の表情をかましていた。

その様子を部屋の奥にいるハナ高の生徒らしき二人が、ニヤニヤ見物している。

このメンツの仲裁なんて川地には荷が重すぎる。

この極限状態で、宝田を前にして川地は、

「……もし、ぼくの好きな女の子が、そんなふうに泣いていたら、悲しいと思います」

途切れ途切れに、震えながら、言った。

「カワちん……」

沢本は虚をつかれた。

「宝田さんはそんなふうに、芦川アカリさんを泣かせませんよね?」

「は?」

全員が耳を疑った。川地、なに言ってるの?

……カワちん、バグりすぎて、自分の失恋話にすり替えてるよ。沢本は川地のシャツの裾を掴《つか》んで振った。帰ってこい、我に!

「お前、アカリのなんだ?」

宝田が急に険しい目つきになった。

下を向いたまま川地は歯を食いしばりながら言った。

「芦川さんを大切にしてあげてください。土下座します、足舐《な》めます。床だって舐めますから
お願いします」

川地は頭を下げた。

「お前……」

その様子を見た小林は涙ぐんでいた。変なところで感情移入する男だった。

「なんで俺があいつを泣かせるんだよ。今日だってこれから会うし」

宝田の言葉に、川地は地の底まで突き落とされた。

「……そうですか」

「あと、きみ、またラインするね」

宝田がメイに微笑《ほほえ》んだ。

「えっ」

メイが嬉《うれ》しそうな声をあげ、それを聞いた男たち全員がイラっとした。

「夏にフェスティバルに出るからさ、もしよかったらおいでよ」

「行く！　応援する！」

メイがはしゃぎだしたとき、

「だからっ、芦川さんを悲しませるなよ！」

川地が怒鳴った。

「え、カワちんが切れた！」

あしたのために　その4

川地《かわち》は頭を抱えてトイレの個室に座りこんでいた。教室にいることができないのだ。

「カワちん、最高にかっこよかったんだから〜。宝田《たからだ》を前にして啖呵《たんか》切ってさあ」

俺が優勝して潰す！　だって！　と沢本《さわもと》がクラス中に誇らしげに言いふらした。

その場に居合わせた者もまた、好き勝手にコメントした。

小林《こばやし》「それでこそ男だ」
赤木《あかぎ》「ま、川地にしては頑張ったんじゃん？」
高橋《たかはし》「なあ、俺ももしかしてメンバーになってる？」
津川《つがわ》「さっぱりわからんけど、キレた川地、草生えたわ」
三橋《みつはし》「結局メイちゃん、宝田にいくのかよ〜」

川地があの宝田に喧嘩《けんか》を売った、と盛り上がっているときだ。

「文芸部の三人、あとターちゃん、ツーさん、ミッたん、アカくん、放課後西河《にしかわ》先生が文芸部室にこいってさー」

教室に不吉な知らせが届いた。

授業の合間の休憩時間、一同は部室に詰めかけた。

「よかった、いた」

中平《なかひら》はいつものようにソファにだらしなく寝転んで漫画を読んでいた。

「なにこのキモいオジ」

津川が、醜い珍獣を見た、みたいな目つきをした。

「ツーさん、自分に自信ありすぎて、年上に対する敬意が皆無なのな」

赤木が笑った。

「で、これが集まったメンバーか」

中平は一同を見渡した。

「やっぱ俺もやることになってる?」

高橋は周りに答えを求めたが、誰も返事をしない。もう決定事項らしい。

「いいじゃんか、やっちまおうぜ!」

三橋が高橋の背中を叩《たた》いた。

「いやいやミッたん、川地の勧誘ずっと無視してたのに、なんで誰よりもやる気出してんの」

赤木が首を傾《かし》げた。

「宝田の呪縛からメイちゃんを解放するために、俺も大会に出場して、あいつに勝って赤っ恥かかせてやるんだよ!」

息巻く三橋をその場にいる全員が冷ややかに眺めた。

「新メンバーの個性もわかったところで、なにをどうした？」

中平が面倒そうに首を回した。

「ぼくら西河に呼びだされました！」

「絶対昨日のことなんですけど！」

「またヲタ芸やめろって言われちゃう！」

「年寄りでしょ、なんかいい案ないの？」

文芸部以外はべつにヲタ芸をしたいわけでもなかったというのに、呼び出しを前にしてすっかり忘れてしまっているらしい。

それぞれが整理せずに訴えるのを、中平は聞き流した。

「しょうがない、最終奥義するか」

面倒くさそうに、中平は立ち上がり、掃除用具入れをあけた。


放課後、西河は肩をいからせ、部室に向かって廊下を歩いていた。生徒たちは「めんどくせ～」と道をあけていく。こういうときは関わらないのが一番だ。

勢いよくドアをあけると、異様な光景が広がっていた。

「なにを見ている」

西河は生徒たちの背中に向かって言った。

生徒たちがパソコンを囲んでいる。まさかエロ動画を部室で見ているんじゃないだろうな、なんだか部室の室温が高い。妙に蒸し暑い気がする。

「先生」

ゆっくりと全員が西河のほうに向き直った。

「なんだお前ら」

生徒たちの顔は真剣そのもので、なにかを堪《こら》えているみたいだ。

西河が身構えたとき、生徒たちが駆け寄り、いきなり抱きついてきた。というよりもみくちゃにされ、なんだ、これは教師への反抗か？　と西河は一瞬、命の危険を感じた。

「先生かっこいい！」

「は？　冗談は……」

パソコンには、自分の若かりし姿が映っていた。


西河タイチ、三十一歳。国語教師。文芸部顧問。教師生活も来年で十年目を迎える。

なにもやる気が起きない。女子校に赴任したかった。マッチングアプリを始めたいところだが、生徒にばれでもしたら、ことだ。大学時代の彼女、子供が小学校に入学したってよ……。お情けで母校に雇ってもらったけど、富士登山とか寒中水泳とか滝行とかマジで引率ダルすぎる。西河が赴任して以来、新任が入ってこないものだから、ずっと若手扱いで、職員室で便利遣いされている。

完全に教師としてのやりがいを見失っていた。

趣味は菓子パンについているシールを集めて白い皿をもらうこと、くらいだった。

そんな西河が初めて、生徒たちに泣かれた。

ぎゅうぎゅうに全員に抱きつかれ、西河は窒息しそうになった。しかしふつふつと、身体《からだ》の奥底から、幸福物質のようなものが湧き上がってくるのを感じた。

そして遠くのパソコンから､拍手の音が流れた。あのときの､輝いていた自分へのエールだった。

「おいおいお前ら、よせやい」

いま、俺、人生ベスト3に入るくらい、気持ちいい！

生徒たちは西河を羽交い締めにしながら、さっきの中平の言葉を思い返していた。

中平はディスクをひらひらとさせながら、生徒たちにこう入れ知恵した。

「西河は根性論の持ち主だ。周りにもそれを押しつけてきて超迷惑。で、みんなも知っている通り、そのくせ自分には甘い。あいつは性格が災いして褒められ慣れていない。なのであいつの過去を褒めちぎり、自分たちもこうなりたいと熱く語ってやりなさい。ただしどうなっても知らないよ。ちなみにあいつの『よせやい（照）』が出たら、いいねボタン連打する気持ちで追い詰めろ。残念な話だが、大人って、きみらが思っている以上に、ちょろい」

『先生、俺たち、ヲタ芸がしたいです』作戦によって、西河の怒りをうやむやにすることに、成功したものの……。

「俺はお前らがからかっているのかと思っていた。本気でやりたいって言うのなら、俺が徹底的に指導してやってもいい」

と西河が頼んでもいないのにその気になってしまい、大会に向けてコーチをする、と言いだした。

そして部室にあった使い捨てペンライトを手にして、しゃがみ、ペンライトで床を叩き光を灯《とも》すや立ち上がり、「かっこいいポーズ」を披露した。

「おい、なにを黙ってるんだ。大人のテクにびびってんのか？」

西河は唖然《あぜん》としている生徒たちに向かって、格好つけて笑いかけた。顔が反応を求めていてキツい。

あ、すごい、すごいです！　とその場にいた者たちは興奮したふりをして拍手を送った。それからペンライトの光が消えるまで、西河は生徒たちに技を披露し、称賛を求め続けた。

やばい、こいつの指導、絶対ウザい、と全員が思った。しかし断ることはできなかった。


生徒たちが全員下校した午後七時過ぎ、食堂では売店だけ、明かりが灯っていた。

精算作業をしていた店主の蔵原《くらはら》は、食堂に入ってきた西河を追い払おうとした。

「もう閉店だぞ」

「いつものやつ」

まったく気にせずに西河はカウンターに肘を預けた。

蔵原は仕方なしにガラス棚からランチパックのハムマヨネーズ味を出した。

「ていうかここ、馴染《なじ》みの店みたいにしないでくんねえか、ただの食堂の購買だから」

「本当は怒るはずだったんだ」

いきなり西河は、首を振り、自分に酔っ払って語り始めた。

蔵原は肩を落とした。こいつはほんとに、昔っから変わっていない。二人は高校の同級生だった。

あの頃西河は、自分のことをみんなが注目していると思いこんでいた。教師になって、そんなことはないと、ただただ冴《さ》えないオッサンだと、やっと真実に気づいたか、と安心していた。

そうだ。他人のことなんて、誰も気になんてしやしない。その「宇宙の真理」からまだ目を背けているらしい。

「無視か。なんかまた問題かよ。キャッチボールしてガラス割ったか？　食い物屋でハナ高生と喧嘩したか。あ、部室で蕎麦《そば》打ちしたか」

この学校の学生は、おとなしいくせにたまにそんな問題を起こす。やはりフラストレーションが溜《た》まっているのだろう。事件は定期的に起こり、処罰を与えられる。自分たちが高校生のときから変わっていない。

「それ全部俺の話だろ。これ見てくれ」

西河はスマホを見せた。

『チー牛きもおおおおおw』

そのショート動画では、見覚えのある生徒が顔を真っ赤にして、怒鳴り散らしていた。再生回数は十万を超えていた。こんなものを面白がるやつらの気が知れない。

「悪意しかない編集だな、これ。お前んとこのクラスの餓鬼《ガキ》か。泣きながら押さえつけられてんのに、潰すとか絶叫してるけど」

「タレコミの電話があった。取ったのが俺だったのが幸いだった」

「うちの学校的には停学確定だな」

やっぱりスマホは未成年に持たせるのは危険だと、蔵原は身震いした。まもなく長男は小学校に通う。こんな危険なおもちゃ、うちの子にはまだ早い。

「さっきあいつらに俺たちのパフォーマンスを感動されたよ」

西河が言った。人は自分に酔っているとき、だいたい説明をはしょる。この男は酒を飲まなくても、体内でにごり酒でも拵《こしら》えているのか。

「え、見られたの？　死にたくなるんだけど」

最悪だった。別にしたくもなかったのに、西河たちとつるんでいたから無理やり引きこまれたのだ。嫁や息子たちには見せたくない。というかそんな過去、絶対語りたくない。

「よく考えたら、いまどきなかなかないぜ、あんな熱さ」

西河はうっとりしていた。どこを見ているのかわからない目をしている。多分過去を都合良く脳内再生しているんだろう。うざいったらない。

「同級生のよしみで忠告するけどな、学生だったとき以上に嫌われてっから。ここに立ってると、毎日お前の悪口聞こえてくるから、マジで癒《いや》されてるわ」

蔵原は言った。

「いいんだ、みんなが立派に巣立ってくれたら」

まだどうやら西河は自分に酔っ払い続けるつもりらしい。ある意味、いい人生かもしれない。

「パン食って酔うなよ」

「中平のことを思いだしたよ」

一瞬西河の顔が締まり、蔵原は喉の奥がからんだ。

「その名前は出すな、悲しくなる、もういないんだから」


青山《あおやま》ミキオは教室にいるのが居心地悪く感じ始めていた。

休み時間、一部の生徒たちが時間を惜しんで筋トレをし、腕を振り回してヲタ芸の技を身体に叩きこもうとしている。

『イチ高ウザい教師ランキング』で、ぶっちぎりすぎて殿堂入り、我らが担任の西河による基礎トレーニングメニューを、みんながせっせとこなしている。朝礼と終礼で、その日のメニューが発表される始末だ。

体育の授業終わりにも、入念にストレッチをこなし、昼休みにはまずそうにサラダチキンを食べている。うまいプロテインの味をシェアしている。なぜに？

しかも赤木とか津川とか、運動部の連中も一緒だ。なぜに？

あとなぜか川地は岡田《おかだ》の演劇部の練習にまで出ている。『ロミオとジュリエット』のジュリエット役をするつもりらしい。キモ。

昨日なんて美術部の長門《ながと》レンが描いているエロ漫画のために、細かくダメ出しされながら半裸になって高橋と三橋がポーズモデルをしていた。川地が甲洋《こうよう》女子の生徒に振られてから、クラスが変だ。

「ハヤマン、どう思うよ」

葉山《はやま》ヒロムは青山の後ろの席で『火の鳥』を読んでいた。図書館に置いてある漫画は手塚治虫全集と『はだしのゲン』しかない。図書館の貸し出し本のなかでは大人気である。

「そんなことよりさ〜、アオたん」

漫画本を閉じ、葉山が悲愴《ひそう》な面持ちを浮かべた。

「なんだよ」

「今日体育が水泳なのが嬉《うれ》しすぎて、水着穿《は》いてきたらパンツ忘れちゃった〜」

葉山は情けない表情を浮かべた。

「何億回やったらしなくなるんだよ」

青山は呆《あき》れた。同じ水泳部員だし、いいやつなのは確かだが、どうも抜けている。というか、プール大好きな葉山にとって、水着が下着みたいなものだ。身体測定のときもあとで部活があるからと、競泳水着を穿いていたし。とにかくプールに入るのが楽しくて仕方がないらしい。

「俺のでよかったら、貸そうか?」

川地がすかさず話に入ってきて、二人に話しかけた。

「川地キモ」

青山が手で追い払おうとすると、

「え、いいの〜?」

葉山が目を輝かせた。

「お前も借りるのかよ」

「だってノーパンなのなんか具合が悪いんだよ～」

「ちょっと待ってて、脱ぐから」

川地がベルトを外すのを青山は止め、葉山は残念がった。

「ヲタ芸勧誘必死すぎだろ」

とにかくなんだか日々うちのクラス、おかしなことになっている。


放課後、文芸部室では、新たに参加が決まったメンバーの紹介となった。

「というわけで、オカどんとナガトゥーも参加することが決まりました～！」

川地は大袈裟《おおげさ》に拍手した。

「おい待て。文化祭の公演にお前ら出るんだぞ。大会終わってバックれんなよ。契約書を書け、この世は証拠社会だからな」

岡田が仏頂面で言った。いままでは川地にジュリエットをやらすことを後悔していた。望まぬ女性役を恥ずかしがるくらいで色気も出てちょうどいいっていうのに、読み合わせを堂々としやがる。狙いが外れてしまった。

「俺も。卒業するまで、必要なときモデルになってもらうからな」

長門はスケッチブックを開いた。下手《へた》くそな絡みのポーズが描かれている。「それと、デッサン練習のためにお前らにはマッチョになってもらう」と男たちの身体をベタベタ触り、一人一人に必要な筋肉の部位を挙げていった。

「もちろんでございます！　いくらでもサインしますし、ぼくら恥ずかしい体位しまくりますよ。ナガトゥーのプロデュースによるボディメイクで全員いい身体になって、大学に入ったら筋トレインスタグラマーになってやろうぜ！」

川地は手をこすりながらへりくだっている。その姿を全員、呆れて眺めた。

「他人のインスタなんてどうでもいい。俺は絵がうまくなりゃそれでいい」

長門は鼻を鳴らした。

「あと軽音の四人も近日中に入るし、我が軍も精鋭が揃《そろ》ってきたなあ」

「そこはなにも決まってないよ」

一度冷静になれ、と沢本が訂正した。

「大丈夫、俺たちには先人の教えがある」

川地はリュックサックを叩《たた》いた。中に入っている『チャート式青春』のことを言っているらしい。

そのとき、ドアが開き、クラスメートの浜田《はまだ》マサミチが暗い面持ちで入ってきた。

部活終わり、サッカー部の部室で一人、ため息をつく男がいた。

「ない」

その日、葉山と同じくノーパンでいることを余儀なくされた男、渡《わたり》シロウである。

下着を紛失？　するのに慣れているので、渡は慌てることもなくさっさと制服のズボンを穿いた。

「渡先輩！　お疲れ様です」

部室を出ると後輩が渡に礼儀正しく挨拶をした。「どうなさったんですか?」

後輩は渡の一歩あとに続いた。サッカー部では後輩が先輩の横を歩いてはいけない決まりだった。渡の背中を眺めながら、後輩は謎に頬を赤らめていた。

「またパンツ盗まれた」

渡は忌々《いまいま》しげに言った。

「大丈夫ですか」

後輩が心配そうに声をかけた。

「別に。そんなことより次の試合のほうが大切だからな」

渡が振り返り、後輩に微笑《ほほえ》んだ。

「はいっ! 先輩の部長引退試合、絶対に勝ちましょう!」

後輩は、恍惚《こうこつ》とした表情を浮かべていた。

三年D組には、校内で人気を二分するモテ男がいた。「三茶の狂犬」小林とサッカー部キャプテンの渡だ。

小林が不良の憧れる兄貴分だとしたら、渡のほうはガチ恋勢を多く抱えていた。

校内最強勢力と恐れられている、サッカー部のボスである渡は、サッカーのことしか考えておらず、周りの熱い眼差《まなざ》しなど気にもしなかった。

兄貴にしたい先輩第一位、抱かれたい先輩第一位。渡の知らぬところで、そんなランキングだってあった。渡の汗を舐《な》めたら万病に効く、渡の体毛をお守りにすると夢が叶《かな》う、などなど謎の噂《うわさ》まで囁《ささや》かれている。一年生のときに冬の逗子《ずし》まで行って開催される、寒中水泳実習で撮られた白ふんどし姿の写真が、一部の後輩たちのあいだで高額で裏取引されており、イチ高内でのみ、渡はあらゆる英雄・宗教教祖を超えた、と言っても過言ではない。

そんな二人に熱い想《おも》いを伝えようとするチャレンジャーはいなかった。渡を煩わせてはいけない、という配慮からだった。小林にはなにか言ったらぶん殴られそう、という恐ろしさからだった。

渡は一部の男たちには過剰に愛されているものの、女にはモテなかった。サービス精神とか愛想というものが彼には欠落していた。

以前とある女子に拝み倒され、デートをしたときのことだ。まったく会話が盛り上がらず、男女の会話の最終奥義、話題の尽きたときの最後の一撃を放たれた。

「好きなジブリ映画、なに？」

「観《み》たことねえや」

女の子は、泣きだした。

そして渡の部長引退試合が終わった。

試合は勝利を収め、部員たちは渡に抱きつき、胴上げした。ファミレスでの打ち上げでは、数名が感極まり、渡に愛の告白めいたことを口走ったが、渡は「後輩に懐かれている」と受け取り、笑顔を浮かべるだけだった。

すべて終わり、一人帰っているときだった。

「ちょっときみ」

夜道でおっさんに声をかけられた。

「きみに頼みたいことがあるんだ」

薄暗闇でも、おっさんがにやついているのがわかった。

「あんた、なんだ？」

以前渡はファンだと名乗る男に粘着されたことがあり、警戒した。的外れなダメ出しや、「きみのためを思って」なんておせっかいをしてくるやつには注意が必要だ。

「残念ながらぼくはきみを性的な目で見る趣味はない」

そう言われ、渡は黙った。

「きみのことを好きになって、そして失望して去っていった女の子たちと同じように、いまのきみは物足りないよ」

「なんだお前」

渡が睨《にら》みつけても、おっさんはにやけたままだった。

「きみは才能がある。ユースにだって選ばれかけた。プロリーグにだって通用するだろう。でもきみは、どれだけ立派な個人成績を残していても、注目されず、声をかけられることは、なかった。なぜだと思う？」

目の前のおっさんに、渡は怒鳴り散らしてやろうかと思った。夜道で突然、俺にダメ出しをしやがる。こんな、年を食った、ただのデブの、風采のあがらない、クソみてえなやつ、若い自分からすれば、「何者にもなれなかったただの肉の塊」に、あれこれ言われる筋合いはない。

しかし、渡は黙って堪《こら》えた。問題を起こして部活停止なんて、絶対にあってはならない。

「わからないなら教えてあげるよ。きみはコミュニケーション能力が足りない。あと目上の人間に対して愛想も悪い。自分が努力しているのに、他人はなにもしていないと、いつだって憤っている。面倒くさいったらないなあ、選ぶ側からしたら」

「知ったふうなことを言ってくれるじゃん、おっさん」

「しかしきみはいい顔をしているし、いい身体《からだ》をしている。パフォーマンスってのは体幹がしっかりしていることと、下半身の筋肉がものをいう、いいね、足、パンパンで。最高だよ。そそるねえ」

やっぱり変質者か？

「ちょっと顔貸してもらえるかな」

おっさんは薄笑いを浮かべたまま、手招きをした。

「きみのサッカーが新たな段階に向かうために、手伝えることがある」


日曜日の原宿は、春らしい鮮やかな色を纏《まと》った人々でごったがえしていた。みんなそれぞれにとってのおしゃれな格好をして、楽しげに歩いている。なに一つ、問題はない。

『ターゲット発見。ラフォーレ方面に移動中、どうぞ』

沢本の声がトランシーバーから聞こえた。

「了解。適切な距離を保ち、ターゲットを肉眼で捉え続けるよう、どうぞ」

川地は応答した。沢本と合流すべく、信号が青になるのを待っている。

『了解。ちなみに昼飯はハンバーガーを希望、てりたまてりたま！　どうぞ』

「ミッション完了まで食事は不可能、集中力を保ち、任務を遂行する。どうぞ」

『ええ～っ、……了解、どーぞっ！』

なぜ街中で、川地と沢本がこんな大昔のスパイの真似事《まねごと》をしているのか？

女の子を尾行をしているのだ。


先日部室にやってきた浜田が、こんな話を持ちかけてきた。

「妹のことなんだけど」

「ああ、サユちゃん！」

三橋が声を弾ませた。

「なになに？　もう今いくつになったの？」

「中二」

「久しぶりに会いたいなあ」

全員が兄目線になって成長を喜んでしまう浜田の妹、サユリ。以前文化祭にやってきたとき、生徒たちは、かわいい、浜田にはもったいない、ていうかちょうだい！　と大騒ぎした。

「変な目で見たら殺すぞ、てめえら」

浜田の形相が変わり、喧嘩《けんか》慣れしていないチンピラみたいに声が裏返った。

むしろお前が変な目で見てんじゃん。と全員が心配するほど浜田は妹を溺愛していた。

「実は妹が最近、週末のたび原宿を彷徨《さまよ》っているんだ」

浜田が暗い顔で語りだした。

「行くだろ、原宿くらい。逆にトー横とかカブキじゃなくてよかったよ」

津川が言った。そっち方面に行っちゃうと、いくら周りが止めても軌道修正は難しい。

「……サユの部屋からこんなものが出てきた」

津川の横槍《よこやり》を無視して、浜田はリュックサックを漁《あさ》りだした。

「まさか妹の部屋に、勝手に入ったのか？」

「最悪」

非難の声があがってもまったく浜田はめげず、

「なんとでも言え。妹が悪の道に引きずりこまれないようにしないと」

雑誌をテーブルに放った。

「ただのアイドル雑誌じゃん。これがなんなんだよ。まさか推し活にまで干渉するつもりかよ」

ただ、その表紙が宝田ハヤトのニヤケ顔で胸糞《むなくそ》悪い。ついにアイドル雑誌の表紙にまでのぼりつめたらしい。とんでもないスピードで我らが仮想敵は遥《はる》か遠い場所へ向かっている。

「付箋のついたページを見てくれ」

川地が手に取り、雑誌を開くと、

特集　みんななれるかも！　私がステージに立つまで！

とある。アイドルのデビューまでの道のりが紹介されていて、どこでスカウトされたか、などが詳細に書かれていた。

「妹が俺だけでなくみんなのアイドルになってしまう！」

浜田が頭を掻《か》きむしって嘆いた。

「まじキモイなこいつ」

津川は呆《あき》れた。

「アイドルになったらスギちゃんやキノッぴいみたいなオタクたちに見つかってしまう！」

この場にいないクラスメートの名前を挙げ、浜田はのたうち回った。滑稽を通り越して、怖い。

「っていうことはサユちゃん、原宿でスカウトされたいのかあ」

沢本がどうでもよさそうに言った。

「まあ、スカウトされてもおかしくないルックスだしなあ」

高橋が頷《うなず》く。

「もしアイドルになるなら、推す！　課金も厭《いと》わない！」

三橋がこぶしを握りしめた。

「お前、メイちゃんが好きなんだろ」

赤木が三橋の頭を叩いた。

「原宿でスカウトなんて！　絶対にろくなやつはいない！　全員悪党で詐欺師だ！」

浜田が喚《わめ》いた。「とにかく俺だけじゃサユを守りきれない！　助けてくれ！」

というわけで、川地と沢本は日曜日に、原宿でサユの行動をこっそり見守ることになったのだった。

川地は人の流れに沿って、ぶつからないように気をつけて歩いた。ちょうど明治通りで信号待ちをしているときだった。

「川地くん？」

声ですぐにわかった。まさかまさかまさかまさか、川地の心臓が止まりそうになった。

まさか、こんなところで。

「芦川《あしがわ》さん」

やっとのことで声を絞りだした。

「最近同じ電車に乗らないね」

芦川に微笑まれ、川地は緊張した。

「そうですね」

「どこ行くの」

「ええとええと」

さすがに同級生の妹を尾行しています、なんて言えなかった。かといって、うまい理由も浮かばなかった。

「いいよいいよ、言わないでも。わたしは今から美容院」

「そうなんですね」

淡白な反応をしてしまい、余計心中で慌てた。原宿の美容院。おしゃれだ。自分なんて近所の千円カットだ。

「そういえば前に川地くんが読んでた『魔法』、買ったよ。ねえ、最後あれってどういうこと？気になって二回読んじゃった。川地くんはどう解釈した？」

「え、ええ」

川地は緊張してしまい、うまく頭も口も回らない。

「ごめんね、こんなところで。今度話そ。あと、また面白い本読んでたら教えて」

「はい！」

芦川は手を振って去っていった。川地は後ろ姿をぼうっと眺めてしまった。信号が青になり、通行人に肩をぶつけられても、そんなもの、気にならなかった。

『はぅわ！』

手にしていたトランシーバーから奇声が聞こえた。

『サユちゃん見失っちゃった！』


作戦本部にしているコーヒーショップに、川地と沢本は向かった。混雑した店内の奥で、仁王の形相をして腕を組む浜田が二人を迎えた。

「おいゴミクズ野郎」

いきなりの恫喝《どうかつ》に、二人は身を縮こまらせた。

「申し訳ない！」

川地が、隣で小さくなっている沢本の代わりに謝った。

「おいこのタコ助が！」

「……ごはん食べてなかったし、クレープ食べたかったんだもん」

沢本の口元から甘い香りが漂ってきて、なにも食べていない川地は、憎たらしかった。

「てめぇらガチで使えねえ」

浜田がアイフォンを取りだした。

「ダーハマ、もしかしてそれ、最新機種？　しかもプロマックス？」

沢本が目を輝かせた。「触らせて！」

スマホを学校に持ってくるのは禁止だが、所持までは止められていない。むしろ川地と沢本がスマホを持っていないのが珍しい。

「尾行もろくにできないやつに触らせてやるアイフォンは、ねえ！　最終手段だ。サユのカバンについているマイメロに、ＧＰＳを仕込んでおいた」

浜田は顔をしかめながら操作しだした。

「位置確認できるなら、ぼくら必要ないじゃん」

沢本が不貞腐《ふてくさ》れながらつぶやいた。

「ボディガードも兼ねてだから」

川地がたしなめた。口答えできる雰囲気ではなかった。

「場所は……どういうことだ」

浜田が眉をひそめ、唸《うな》った。

「どうなされましたか……」

川地はへりくだって訊《たず》ねた。

「明治神宮にいる。しかも、宝物殿前広場?」

川地と沢本が原宿でターゲットを見失いパニックになっていた頃、他の面々は三茶の集会所で、西河指導の下、ヲタ芸の練習中だった。

「いちに、さんし、ごーろく、しち、はち」

西河が小太鼓を叩《たた》きながらカウントしている。

全員整列して、大股になり、技の動きを繰り返していた。

「いつまでやらすんだよ」

赤木が隣の津川にこっそり話しかけた。「おんなじ動きしすぎてタルいんだけど」

「だよな。肩は攣《つ》りそうになるし脇いてえし」

「なんかもっとダンスすんならさっさとやろうぜえ」

二人の会話が耳に入り、西河が太鼓を鳴らすのを止めた。

「基本技を身体に刷りこませるまで、全体の振りはさせせん」

「えーっ」

指導者が欲しいと全員思っていたが、これでは楽しくもなんともない。

「自分を超えるためには、まず、目標に向かって自分を律しなくてはならん」

でたでた、と全員が顔をしかめた。西河はいつだって、感極まると、「自分を超えろ、世界を変えろ」となんの脈絡もなく口走る。そういうとこがガチでウザい。べつに超える気も変わるつもりも、俺たちはさらさらない、とみんな聞き流していた。

「お前らには体格差がある。周囲とバランスを合わせ、神経を研ぎ澄まして振り位置を揃《そろ》える。正しいフォームを習得するのには時間が足りないぞ」

「……ういっす」

川地と沢本は、浜田の依頼をこなしているが、小林は無断欠席だ。発案者のいない稽古は、なんだか罰ゲームみたいに思えてくる。なんでこんなことをやっているのか、と全員かったるくなっていた。ヲタ芸するなんて、言うんじゃなかった。あれは気の迷いだった。

ふと津川が入り口を見ると、渡が立っていた。

「ワタリ、どうした」

休憩、とばかりに津川が駆け寄った。

それにしても珍しい。教室でも輪に入ろうとなんてしないのに。そもそも渡はクラスメートと仲良くするつもりもなく、いつだってサッカー部員とだけつるんでいる。

「俺もやろうかなって」

渡はぶっきらぼうに答えた。

「ふうん」

みんな無理やりやらされているのに。そもそもこいつ、サッカー以外興味ないのに。川地が声をかけても、ずっと無視してサッカー漫画を読んでいたっていうのに、どういう風の吹き回しだ？

その場にいた全員が、渡の真意を計りかねた。

「先生が現役のときに踊っていた曲、覚えてきたんで見てもらっていいですか」

渡が西河に言った。

「現役って、あのな、そう簡単に人にものを見せられるほど……」

西河の話を最後まで聞かず、

「って、お前、なに脱ぎだしてんの？」

渡は下着一枚になった。

「筋肉の部位、そして可動域を知る、すべてを柔軟に動かせるようにしておき、自身の肉体を完璧に制御する、頭のなかのイメージを実現化させる。みんなセンスないんじゃなくて、強く意識してないんですよ。お手本見せてあげますよ」

渡はストレッチをしながら言った。

その場にいた全員がムッとした。しかし誰も口答えできなかった。その仕上がった身体《からだ》を前にして、体育会系の連中すら、まだまだ発達途上である自分を恥じた。

いまだって完璧でありながら、こいつはまだまだ高みを目指している。周囲と比べて優《まさ》っていたところで、そんなもの渡にとって意味のないことなのだ。

こいつ本気だ。

「あ、パンツ……」

そして全員が気づいた。母ちゃんが西友で買ってきたっぽい、いつものださいトランクスを渡は穿《は》いていない。

アンダーアーマーだった！

渡は本気だ。

男子高生にとってアンダーウエアとは、気合いである。特に体育系部活の場合、謎の部活ルールにより上級生にならないとブランドパンツを穿いてはいけないなどと、しょうもない決まりがあった。渡の場合は、コスパが悪いと「見せパン」を気にすることなどなかったが。

オーディエンスは渡の下着に、覚悟を見た。

「曲は？」

西河が訊ねた。一度恥をかかなければ、納得しないのだろう、と諦めた。

「『God Knows...』の先生のポジで」

「誰か、どうせスマホ持ってるんだろ。学校外だから大目に見てやる。かけろ」

西河がうんざり気味に言った。

音楽が始まった。

一同は息を呑《の》み、渡から目を離すことができなかった。

あの渡が？

サッカー部員としか会話しない、面白いことなんも言わねえ（そこが下級生には人気らしい）、親が買ってくるダサいトランクスを平気で穿いている（ファン的にはそこがアガるらしい）、クラスではちょい距離を置かれがちの、渡が。

しなやかなパフォーマンスをしていた。一つ一つの動きがスムーズに流れながら、それぞれの技が、勢い余って流しっぱなしにならずにしっかりと意思を感じさせる。美しい。

「ちょっと待てよ」

岡田が上擦った声をあげた。「気づいたか？」

「なんだよ」

長門は渡から目を離さず言った。

「あいつ、笑ってやがる」

教室ではしかめっ面以外見たことのない渡が、踊りながら、かすかに笑っていた。

全員どきりとした。え、嘘《うそ》だろ、俺たち、なぜか、謎にときめいてる。

全員渡に注目していて、部屋の隅で中平が壁に寄りかかって見ていることに気づかなかった。

想像以上だ。

中平の口元は緩んでいた。

サッカーをするためだけに、人生を振っており、身体機能、そしてその操作に渡は長《た》けている。

なにより素晴らしいのは、一度見たら振り程度なら完コピできてしまう異常な集中力だ。たまにそういうやつがいる。見たものを正確に描けてしまうとか、見ればすぐに演じられるとか。これまで渡はサッカーだけにその才能を捧《ささ》げてきた。そもそもこの特技を、すべての偉大な選手たち同様、みんなできるものと思っている。努力をしないだけだと。そして背中を見せていればみんなついてくる、と誤解している。

一般人には無理だ。

現在、言いだしっぺだからと自動的に、センターは川地が受け持っている。だがまだ人を従えるほどには実力は追いついていない。

逆に渡は既に水準を超えている。西河、お前のアップデート版だぞ。どうだ?

曲が終わっても、全員が呆然《ぼうぜん》としていて、拍手も声をあげることもできなかった。

渡は全力で踊り切り、びっしょりと汗を垂らしていた。熱気が見ていた者たちまで肌に伝わってくる。

西河はなんとか言葉を発しようとしたが、喉がからからになっていた。

「どうすか?」

渡は真剣な顔で訊ねた。

最高だ、と誰もが思った。だが、渡の問いに答えを返せる者はいなかった。


クラスメートがスター誕生に絶句しているとき、原宿は平和であった。

葉山と青山はストリートブランドのショップにいた。

「高い店のパンツは高い」

青山が唸った。

「それ、哲学～?」

買い物に付き合っている葉山は興味なさげに答えた。「買わないパンツと睨《にら》めっこすんのはやめてさ～、スポーツショップで水着見たいんだけど～」

「何枚水着あったら気が済むんだよ」

「気分で毎日違う水着穿きたいくらいだよ～」

「ハヤマンさあ、もう水着をパンツにしろよ」

「それだとすぐに泳げるから最高だけど、でもプールからあがったらまた新しい水着穿かなくちゃなんないし、やっぱもっと欲しいな～。でも金ないな～」

「たまには水泳以外のことも興味持てよ」

二人は結局なにも買わず、原宿をふらつくばかりだった。なにか食いたくてもどこも満席だ。道ゆく女子に目を奪われながら、二人はナンパする度胸もなく、ちらちらと眺めているばかりだった。

年の近い異性と会話なんて、いつしたっけ？　遠い昔だ。もうなにを話題にしたらいいものかわからない。

明治神宮の前で、口論している男女がいた。

「うわー、路上で最悪だな」

青山が小声で言うと、

「ダーハマ？　それにカワちんとサワもん？」

葉山が気づいて目を丸くした。


「絶対に反対！」

路上で浜田は怒鳴り散らした。手は、サユリの腕を掴《つか》んでいる。発見してから引きずってきたのだ。

「ここじゃまずいって」

川地が止めようとするのをはねのけた。

「お兄ちゃん最悪！」

浜田以上にサユリが怒鳴り返した。さすが兄妹《きょうだい》、息の合った舌戦で、割って入る隙がない。

川地と沢本は、兄妹喧嘩《げんか》のあいだで右往左往していた。

明治神宮宝物殿前芝生に先ほど駆けつけたときだった。カップルや家族連れが優雅に過ごしている中、浜田の妹、サユリもまた、同い年くらいの男子と並んでレジャーシートに座っていた。

浜田にとってそれは現実の出来事ではなかった。

サユリの彼氏？　の太田《おおた》はすっかり蚊帳《かや》の外だ。距離を置いて他人のふりをしながらぼうっと眺めていた。

「きみ、なにか意見ないの」

川地が太田に訊《たず》ねると、

「関係ないっすから」

と醒《さ》めた返事をされた。

「関係あるじゃろがい！」

浜田が声を荒らげた。

「他人にどうこう言われるのとか、無理なんすけど」

「他人じゃねえ、家族だ！　だいたいなんだ中坊のくせに、なんで髪の毛が赤なんだよ！　伝説の海賊にでも憧れてんのか？　だったら麦わら帽子でも被《かぶ》っとけ！」

浜田は怒りを抑えきれなかった。「あとなんか、平然としているとこムカつく！」

「太田くん、学校行けてないの！　考えることがたくさんあって、不登校なの！」

サユリが太田の前に立ち、浜田を睨んだ。

学校に行っていない。そういえば、石原《いしはら》はどうしているだろうか。曲を作ってくれと無茶《むちゃ》な注文をして以来、連絡をまったくとっていなかった。

「デートなんてしてないっすけど」

太田は平然と答えた。

「どういうこと？」

怒鳴り合っている二人を放って、川地は太田にインタビューを試みた。

彼はとりあえず、有名人になりたいらしい。つまり、サユリが『スカウトのされ方』のページに付箋をつけ、原宿をうろついていたのは、太田を応援するためだった。

「大変、だね」

川地は有名になんてなりたくなかった。有名になりたいやつの気が知れない。いろんな人々の、なにを考えているのかわからない視線を受け止めるなんて、怖い。

「ぜんぜん」

太田は有名になれば、つまらない毎日が変わると思っているらしかった。

「だいたいサユ、お前はコバやんが好きだったんじゃなかったのか！」

浜田が言った。

「え、そうなの？」

驚いて沢本がサユリを見た。

「真逆だろ、こいつ！」

顔を真っ赤にして太田を指差す浜田に反して、サユリの顔は、凍りついていた。

「指差さないでくれます？」

太田が舌打ちし、

「お兄ちゃん……、わたしのブログ、読んだの？」

サユは震えていた。

「は？　知らねえし」

浜田は目を逸《そ》らした。

「……最低。キショすぎ、マジでありえないんだけど」

秘密の妄想ブログを読まれた上、公衆の面前で好きな男を暴露される。たまったもんじゃない。

「なんか、気分悪いんで帰ります」

太田がまるで早退するみたいに言って、歩きだした。

「待ってよ」

川地は慌てて呼び止めた。

「なんすか」

「学校、なんで行かないの？」

しばらく口元に手を当て考え、太田は、

「おもんないんで」

と鼻で笑った。

太田の背中を見送りながら川地は絶賛不登校中のクラスメート、石原を思った。

「俺が、コバやんと付き合わせてやる！」

浜田が叫んだ。

「は？」

全員がぎょっとした。

「あいつならいい。腕っぷし強いし、お前のことだって守ってくれる。見た目だってさっきの赤髪の百倍いいし。あいつにだったらお前を任せることができる！」

「こういうのなんて言うの？　モンスターブラザー？」

沢本が川地に耳打ちした。

「太田くん、頑張ってるんだよ、有名人になろうって」

「お兄ちゃんも頑張る、一緒に踊ってコネクション作るから」

もちろん浜田に貸しを作るため、わざわざ日曜の原宿にやってきたのだが、まさか自分から名乗りをあげるなんて思わなかった。

「やったじゃん」

沢本が手を上げて喜んだ。

「お兄ちゃん、コバやんと仲良くなって、絶対に仲をとりもってやるから」

「メンバーになってくれるのは嬉《うれ》しいんだけど、コバやんの意見は……」

川地がたしなめるのを無視して、

「頼む、遊園地デートだって、隅田川《すみだがわ》花火大会、一緒に江の島観光も、絶対叶《かな》えてやるから！」

浜田は気づいていなかった。妹がしたためていた妄想デートを、さらりと暴露して死体蹴りをしていることを。

「黙れ変態」

サユリがすぱっと斬りつけた。


その様子を、青山と葉山はぼーっと眺めていた。

「無茶苦茶だろこれ」

目の前のおかしな空間に、青山はぞっとしていた。

「みんなやるんだったら、俺もやろうかな～」

葉山が羨ましそうにつぶやいた。

「マジかよ」

「だってアオたん、さっき水泳以外のこと興味持てって言ったじゃん。泳ぐことくらい楽しいことかな、ヲタ芸」

そのとき青山が考えていたことは、
ハヤマンが入ったら、クラスの半数がヲタ芸やることになる。軽音だって、ヤマとワッちが許可したら入るって噂《うわさ》だし、やばい、俺、このままだとハブられる……。

教室内での姑息《こそく》な生存戦略だった。

あしたのために　その5

翌日小林《こばやし》が登校すると、大会参加メンバーがクラスの過半数を超えていた。そして、朝礼で西河《にしかわ》が、放課後の練習から渡《わたり》をセンターにして振り付けを始めると発表した。

昨日起きられず、練習に行かなかったら世界が一変していた。

チームの新センターとなった渡は休憩時間、いつもと同じように誰とも群れずにサッカー雑誌を読んでいた。

小林は部室に走った。

「納得いかねえ」

憤っている小林を前に、中平《なかひら》は漫画を読み続けていた。

「そうかね」

「川地《かわち》が発案者だろ、なのになんでぽっとでのやつが」

「ぽっとでのほうがスキルが高いし身長高いし男前なんだから、しょうがないだろ」

「朝起きたら突然ポジションが変わってるなんてありえねえよ」

「朝起きたら、男女入れ替わったりするから」

「アニメの話だろうが！」

適当に受け流し、映画の主題歌を口ずさむ中平を、小林は睨《にら》みつけた。

「いいから授業行けよ。いまいいところなんだよ」

中平は漫画から目を離さず、言った。

「……なったものは仕方がないですよね……」

中平の横にいる、見知らぬ男が言った。

「いや、さっきから気になってたんだけど、お前誰だ?」

小林が見知らぬ男を睨んだ。

「……イシハラです」

臆することなく、男はゆっくり名を名乗った。

「は?　お前、引きこもりじゃなかったのか?」

入学式以来学校にこなかったやつが、なんでここにいるんだ。しかも学生服でなく、小花柄の洒落《しゃれ》たシャツを着ている。

「……初めて保健室登校してみました」

「取材だってさ。頑張ってきたんだから、優しく接してあげて」

中平が、いい子いい子、と石原《いしはら》の頭を撫《な》でた。

「取材?　意味わかんねえよ。そもそもここは部室だが」

小林は優しくするつもりなど毛頭ない。

「ちょうど小銭の持ち合わせがなかったから、保健室にいた彼にジュース奢《おご》ってもらったんだ」

恐ろしく情けないことを中平はまったく恥ずかしげもなく言った。

「……さっきこのオジさんに」

石原が意を決するように言った。

「中平だよ〜」

小さく手を振って、首を傾《かし》げているおっさんのおぞましさといったらない。

「……中平ニキに聞いたんですけど、仲間割れしているんですか」

「だからどうした」

小林はカチンときた。外野に言われる筋合いはない。

「……大会で優勝すれば、学校が存続するとか、本気で思ってますか？」

石原が顔をあげた。真剣そのものだ。「……ハッピーセットすぎません？」

「てめえには関係ねえだろ」

いちいち長い間《ま》をとるんじゃねえ、と小林が凄《すご》んでも石原は動じなかった。

「……楽曲依頼されたんで」

石原は目を伏せた。だが、怯《おび》えている様子はない。こいつ、意外と肝が据わっている、と小林は妙に感心してしまった。

「きみ、人のこと気にする前に自分のことを気にしたほうがいいよ」

中平は漫画本を放り投げた。

「なにをだ」

「次のふれあいコンサート、きみとワタリのダブルセンターになるだろうね」

「どういうことだ」

小林は呆気《あっけ》にとられた。

「西河のやつ、学生時代にグループアイドルにはまってたから、プロデューサー気取りだ。投票するために聴きもしないCD二百枚買ってたし。怖すぎじゃない?」

「その情報、耳が腐る。話を逸らすな」

「いまは華のある、できのいいやつを中心に置くべきだろう。カワちんは頑張り屋だし、この計画の要であることは間違いない。だが、正直まだまだ前に立つ器でない。ズル剥《む》けになってもらわないと。それに比べ、きみとワタリには華がある。それに、ダンスにキレもある。センターがしっかりしていないと、周囲が合わせようとして乱れていく。芯がしっかりしているほうが、全員の上達も早い。それに、次は本番前最後のステージ、失敗は許されない」

「能書きは聞き飽きた」

小林は苛立《いらだ》ちながら、立ち上がった。「とにかく俺は認めねえ。あとイシハラ、お前もヲタ芸やれ、教室にこい」

「……教室に行くのは軸がブレるんで」

石原は俯《うつむ》いて答えた。


放課後、小林、渡を中心にした技の稽古が始まった。

小林と渡は口をきかず、お互いを確認することもなかった。

「はい、いちに、さんし……」

カウントが少しずつスピードアップしていく。慌てだして、振りが雑になる者など構わず、二人とも正確に打ち続けた。お互いを気にすることもなかった。見なくても、気配で伝わってくる。

うまい。

「よし。では今日から振り付けを始める」

西河が宣言した。

「やっとかよ～」

全員がリズムをとることに飽き飽きしているところだった。

立ち位置が発表された。小林と渡が曲ごとにセンターを務める。

川地は後列の端だった。

「川地、お前はちゃんとみんなと合わせろ」

西河が冷ややかに告げた。本気でこのチームを優勝させるためには、完璧に近づけなければならない。お前は先頭に立ちたいわけじゃないだろう、優勝したいんだろう。言葉をかけるべきか迷い、言わなかった。

「……はい」

発案者であるというのに、まるで自分が一番、「できていない」と宣告されているみたいじゃないか。川地は下を向いて、唇を噛《か》んだ。震えてくるのを、一所懸命に止めようとするが、できなかった。嗚咽《おえつ》が起きて、我慢しようとしても止まらない。

沢本《さわもと》が駆け寄ってきた。背中をさする手の温かさがうとましくて、川地は乱暴に払《はら》い除《の》けた。

四限がまもなく終わろうとしていた。生徒たちの頭には授業内容がまったく入ってこず、昼飯のことしか考えていない。そのとき教室に、能天気な電子音が響いた。

「おい誰だ！　学校に必要のないものを持ちこんだのは！」

やる気のない教室の空気に苛立っていた教師が怒鳴った。

「あ、違います俺の昼飯です」

宍戸《しし ど》ジュンが悪びれず立ち上がり、そして教室の後ろに置いてある炊飯器を見せた。

「出来上がりの時間を間違えました」

おもむろに炊飯器の蓋を開き、湯気の立つ白飯をうっとりと眺めた。「俺、飯の炊けた匂いが一番好きなんですよ」

昼休みになり、宍戸は炊き立ての飯をよそって二谷《に たに》キンジに渡した。

「炊き立てを食えるってのはいいな」

「だろ？」

炊飯器を学校に持ちこんで、「弁当箱だ」と言い張り、誰にも注意されない男たち。陸上部の宍戸と二谷だった。彼らは異常なほどにくっつき、つるんでいた。二人とも、なかなかの面構えで、よく言えば大人びている。悪く言ったら、老けている。高校生らしからぬいかつい風貌で、周囲から距離を置かれていた。

彼らは息がぴったりすぎて、他を寄せ付けようとしない。というか、お互いがいればべつに他に友達なんて必要なかった。

「なんか騒がしいな」

二谷は教室を眺め、眉をつりあげた。

「クラスの連中、川地を中心にキモいことやってっから」

宍戸が興味なさそうに言ったとき、遠くでプロテインを飲んでいた川地と目が合った。川地はいつだって、声をかけようと狙っているらしい。手を振ってきた。

宍戸は舌打ちをした。

「くだらねえな」

「わかる！」

「ていうか体育祭、俺ら二人三脚ペアだったぞ」

「マジか、優勝じゃん俺ら」

「格の違い、わからせてやっか」

「だな」


この学校の体育祭のチーム分けは、クラスでも学年でもなく、部活対抗だった。

ここ十数年、サッカー部の無双状態。さまざまな称号と優遇を得てきた。特に現在、渡をリーダーとした通称ダイモン軍団（近所の個人経営コンビニ「ダイモン」にたまりがちだから）は、ボスである渡との絆《きずな》？　によって結束し、今年も優勝確実。

先輩の名を汚すわけにはいかないと、後輩たちは燃えていた。

体育祭なんて。やる気があるのはサッカー部のみ、他は適当にこなしているようなものだった。

しかし今回、競技参加者が掲示されたとき、校内に激震が走った。

二人三脚リレーペア 文芸部　渡・小林

目下抗争中の二人であった。

サッカー部員たちの気合いは雪崩《なだれ》を起こした。鬱になる者、病欠する者たちが続出するほどだった。

三年D組には、運動部のエースが揃《そろ》っている。そしてヲタ芸参加者は、体育祭で文芸部を兼任することが決まった。去年までは他の文化部とセットだったというのに、今年文芸部は初の単独参加を果たし、注目株となっていた。

「これ優勝できるんじゃないかな」

稽古の休憩中、沢本が川地に言った。二人は壁にもたれて、座りこんでいた。

「それな」

「優勝したら部の顧問が奢るって伝統らしいけど、西河には期待できないねえ」

「それな」

「おい」

ぼうっとして生返事ばかりの川地に腹を立てて、沢本は川地の頬を抓《つね》った。

「それな」

痛みも感じられないのか、ただ生返事を繰り返した。壊れたおもちゃみたいになってしまっていた。

「カワちんさ、露骨すぎでしょ」

「それな、え?」

川地は一人の世界から帰還し、沢本を見た。

「コバやんとワタリがセンターなのは、ぼくも賛成。二人ともモテるし。みんな見た目は悪くないよ。ツーさんもアカくんもターちゃんも、みんな。カワちんだってまあ、見ようによっちゃ、味のあるイケメンってことにしていいけどさ。でもあの二人はやっぱり、格が違うよ。主役を張れるっていうか、さ」

「……それな」

川地の目の前で、噂《うわさ》の主役二名はそっぽを向いている。


小林は渡を認めたくなかった。だが渡がセンターだと、みんなが追いこまれ、上達の速度が速い。これまでが嘘《うそ》だったようなスピードで、仕上がっていく。確実に、できるやつに引っ張られていく。基準が渡になると、これまで余裕をかましていた津川《つがわ》や赤木《あかぎ》でさえ、ついていこうと必死の形相を浮かべた。

川地時代のポンコツを前に、みんながそれなりに合わせるのとは違っていた。川地の振りは微妙に遅かったり早かったり合わせようとすると、どこか締まりがない。

小林だってわかっている。中心がしっかりしていると、自分も向上するのだ。

でも！　だが！　やっぱり納得いかない！

「小林！　いいぞ！　キレッキレだな〜」

西河のかけ声に、ムカついた。


渡は孤独だった。

「あのオジ、ヲタ芸と俺のサッカー、どこが通じるんだよ。いつもと同じじゃねえか」

帰り道、かつて通っていた中学校を通り過ぎたとき、昔のことを思いだした。

いつも渡は、最後まで残って練習をしていた。もっともっと、うまくなりたい。身体《からだ》を自在に扱いたい。ボールは友達じゃない、ボールは身体の一部だ。

仲間たちに寄り道しようとか遊びに行こうとたびたび誘われても、渡は「また今度な」と断った。その今度は、プレイヤーを引退するときと決めていた。

なんでみんな、できないことを悔しく思わないのだろうか？　みんなの本気と俺の本気は、違うのだろうか？

いつのまにか、みんな、渡を誘わなくなった。

高校に入ってから、渡がサッカー部員と密に付き合うのは、あくまでサッカーのためだった。ボール同様、チームメイトも自分の身体のように扱えるようにする、と。

日曜日、かつて暮らしていた家の前で、小林は、しばらく立ち尽くしていた。覚悟を決めて、呼び出しブザーを押すと、険しい顔をした母が、小林を迎えた。

「なにしに来たの」

母は冷たく言った。どんな答えでも許すつもりはない、そんな態度だった。

「アサヒ、昨日誕生日だったから。前に大谷翔平《おおたにしょうへい》が被《かぶ》っていた帽子」

小林はさっき買ったばかりの袋を見せた。

「それだけ?」

「おめでとうって伝えたくて」

「……あなたの誕生日、たしか来月だったわよね。お金あげるわ。好きに使いなさい」

母が財布からぞんざいに万札を出して、小林の胸に押しつけた。「アサヒは勉強中だから。あなたみたいにならないように」

「ごめん」

あまりにも哀れっぽい物言いになってしまったことに、小林は動揺した。でも、なんとか続けようとした。「ちょっとだけでいい、今更だけど、もう一度謝りたいんだ」

「なにを言っているの?」

「アサヒの背中をあんな風にしてごめん、俺がバカだから、バカ学校しか入れなくてごめん、あの人に歯向かって、せっかく母さんが再婚したっていうのに、めちゃくちゃにして、ごめん、問題ばかり起こして――」

小林は母の再婚に反対だった。相手の男のことをどうしても好きになれなかった。いつ豹変《ひょうへん》して、実の父親のようになってしまわないかと恐れていた。

守ろうとして反抗的になり、厄介者扱いされるようになった。

だが、新しくできた血の繋《つな》がらない弟のことはかわいかった。アサヒは小林にすぐになついた。お兄ちゃんお兄ちゃんとまとわりついてきた。

兄弟で留守番をしていたときだ。大人が飲んでいるコーヒーを飲んでみたいと、アサヒがせがみ、仕方がないなと湯を沸かした。そのときだ。幼いアサヒに過《あやま》って熱湯をかけてしまい、小林はびっくりして、どうしたらいいのかわからなくて、泣き喚《なわめ》く姿を前に呆然《ぼうぜん》と立ち尽くし、処置が遅れた。

アサヒは今年、小学校を卒業する。きっと背中の火傷痕《やけど》はまだ残っている。そのことを考えるたびに、小林は泣きたくなる。

だから、川地が背中に火傷を負っているという話を聞いたとき、気持ちが掻《か》きむしられた。川地がラッシュガードを身につけているときは、ずっとさりげなくそばに立ち、睨《にら》みをきかせた。

「もう帰って。近所の人に見られたらどうするの」

母はきっぱり断絶した。

「この家に戻りたいなんて言わない、だから――」

アサヒに会いたい。

「もうあなたに家族なんて、いないものと思いなさい」

小林は歯を食いしばり、そして二階を見た。窓のカーテンが揺れた。誰かが窓から見ていたらしい。

深夜眠れなくて、渡が世田谷《せたがや》公園をランニングしているときだった。噴水のそばで、ぐるぐると光が動いているのを見つけた。

小林が背を向けて、がむしゃらにペンライトを振り回していた。

近づくと、「いちに、さんし、ごーろく、しちはち」とカウントしながら基本技を繰り返している。

「始めっからできてるふりして。コソ練してたんじゃねーか」

ＯＡＤ、ロザリオ、ロサンゼルス、そしてロマンス。技の精度を上げるために、小林がどれだけ集中しているか、遠目でもわかった。一つ一つの動きが豪快なのに乱れていない。振っているだけ、でないことがわかる所作だ。

渡は、しばらくずっと、小林が一人練習する姿を見つめていた。

その姿が、なぜか、自分と重なってくる気がしてしまい、慌ててかぶりを振った。

あんなやつと一緒になんかされたくない。あいつはただのガサツな荒くれ者だ。

でも、思わず口に出た言葉は、

「やるじゃん」

だった。

絶対に仲良くなんてならない。

でも、自分と似た、仲間、かもしれないと。

軽音楽部の和田《わだ》と山内《やまうち》は、練習を終えて並んで廊下を歩いていた。

「あれ？」

山内が振り返った。

「なに？」

「スギちゃんとキノッぴいがいつのまにかいない」

「便所とか？　すぐ追いついてくるでしょ」

二人はまた歩きだした。

「体育祭の二人三脚マラソン、どうするよ」

和田は心ここにあらずだった。しばらくずっとこんな調子だ。自分はもう「終わったやつ」なのだ。練習すればするほど、その想《おも》いが膨らんでくる。でもどうしても、捨てきれずにいる。中途半端な状態だった。なにもかもに身が入らない。

「だな」

山内もまた、妙な焦りをずっと感じていて、考えがまとまらず、気持ちがわからない場所へさまよっていた。このままではいけない、なんとかしなくては。でも、周囲の人間がこんなだから、「自分は不遇」なのだ。

「適当にやればよくね」

「ああ」

「ふれあいコンサートも近いし、練習もある、怪我《けが》したくねーし」

「だな」

バンドメンバーの杉山《すぎやま》と木下《きのした》は、そんな二人の後ろ姿を廊下の角に隠れてこっそり覗《のぞ》いていが重大た。

「俺らより全然うまいのに、なんだよ」

「そこそこ才能あるやつの壁ってやつじゃん？」

「あいつらの悩みなんかより、俺たちの一大プロジェクト、元推しと極限まで近づく、でしょ」

「カワちんたちがうまくやってくれるのを期待するしかないんだが」

「本当にあの作戦でいけるのかなあ」

山内と和田の前に、突然川地が立ちはだかった。

「ヤマ！　ワッち！」

「なんだよ」

迷惑そうに山内が言った。

「賭けをしよう！　二人三脚、俺たち文芸部に負けたら、一緒にヲタ芸しよう」

川地は言った。『チャート式青春』にも書いてあった。

『交渉は堂々と行うべし。

ゲーム要素を入れることで、人は誘いに乗ってくる。』

「絶対やだ」

二人同時に、即答した。

「ええっ、ちょっと待ってよ」

二人はそのまま、川地を通り越して、川地がいくら声をかけても立ち止まってくれなかった。

「無理だよ、もう別にいいじゃん、結構人数いるし」

呆然としている川地に、沢本が声をかけた。

「でもさ、こうなったらクラス全員でやりたいじゃん」

とそのときだった。

「乗ってやるよ」

声がした。

「え」

声のほうを向くと、宍戸と二谷がニヤついて立っていた。

「逆に俺らが勝ったら、お前らヲタ芸なんてくだんねえこと、やめろよ」

「ちょっと、待ってよ、シシドたちリク部じゃん、そんな」

沢本が慌てた。

「なんかムカつくんだよ」

「お前らごときが大会優勝なんて、無理なんだからさあ。俺らが善意で潰してやるよ」

「恥かく前にやめとけって、なあ?」

「おとなしく家でシコっとけって」

ニヤニヤしている宍戸たちを前に、川地は、決断を迫られた。

そんなリスクのある賭けに乗るのは危険だとわかっていた。小林と渡は、踊り以外はまった

くうまが合わない。しかし、

「いいよ。賭けよう」

宍戸と二谷は息がぴったりだ。しかも陸上部で健脚だ。

「カワちん、コバやんたちと相談してからにしようよ」

沢本が川地を揺すった。

「いや、二人は絶対に、勝てる」

川地は、言い切った。

この勝負に、自分自身の目標まで、勝手に託した。

これで負けるようなら、それまでなのだ。

「舐《な》められてもうた～」

宍戸がバカにするように笑った。

「持っているやつと持ってないやつの違い、気づかないやつにわからせるのも、優しさだもんな」

二谷も薄笑いを浮かべた。小林と渡が冷戦状態なのを知っていた。いまなら、勝てる。あの妙に目立つ、目障りな二人に！

「お前らが辛《つら》い練習なんてしないで済むようにしてやるから、さ。感謝しろよ？」

宍戸が川地を睨みつけ、言った。


体育祭当日は、晴天に恵まれた。

「やばい、ぼくら二位だよ。このままいったら優勝できちゃうかも」

沢本がランキング表を見て興奮気味に言った。やはりサッカー部がトップを走っていたが、文芸部も食らいついている。

サッカー部員たちは渡の不在を「渡の兄貴の椅子を守る」と解釈し直したらしく、がむしゃらに勝とうとしている。そもそもサッカー部員が競技に勝つたび、渡に抱きつきにくる。見ていて部の絆、で済ましていいものか測りかねる。

「陸上部に総合で勝てているのはかなり痛快だな」

川地の念頭には、宍戸と二谷があった。二人三脚で小林たちが負けたら、ヲタ芸をやめる、という約束をみんなには伝えていなかった。正直、負けてしまってもいいと、どこか思っていた。川地はセンターをおろされて以来、支離滅裂になっていた。

「シシドとニタニは強いよ」

川地がなにを考えているのか、わかっているのだろう。沢本が言った。「うちらヤバすぎるもん」

渡と小林は言葉を交わすこともなく、応援席でも顔を背け合っていた。

「西河が走者を選んだんでしょ。これで友情が深まるとかないよ。完璧オジの発想」

自分たちだって、山内と和田をペアにするよう軽音に工作させたというのに、沢本は憤った。

木陰で、太った中年男とひょろ長い私服の若者の妙な二人組が佇《たたず》んでいた。

「イシハラくん、きみ、学校にきてるんなら走りなさいよ」

「……インスピレーションが欲しいだけですから」

「アーティスト気取っちゃってるねえ。どう？　曲のほう」

「……構想中です」

「そろそろ始まるよ、本日最大の茶番」


二人三脚マラソンとはその名の通り、お互いの片足を結んだ状態で町内を一周する。そのあいだも別の種目が続き、みんなが忘れた頃にゴールする、孤独な戦いだった。

二人で励まし合い、栄冠を掴《つか》め！

全員が位置についた。応援している者たちも、一瞬緊張してぐっと静まり、そして、ピストルが鳴った。

そのとき、見守っていた全校生徒が愕然《がくぜん》とした。

事前に示し合わせなかったからだろう。どちらも右足を前に出し、渡と小林は思い切りこけた。

「ええ？」

観《み》ていた全員が素っ頓狂な声をあげた。

宍戸・二谷はさすがの相性で悠々とグラウンドを一周し、すぐに校外へ軽快に走り去ってしまった。山内・和田の軽音楽部ペアも落ち着いて走っていく。

「おい小林」

渡が起き上がり小林を睨《にら》んだ。

「なんだよ」

「なんで右足出してんだよ。普通結んだ足から出すだろうがコラ」

「世間の常識、俺に求めんなコラ」

二人とも、ずっと無視し合っていたというのに、額をくっつけて、メンチ切りだした。

サッカー部の応援席から悲鳴があがった。渡とこんなに顔を近づけられる小林が羨ましいらしい。

小林の隠れファンは「かっけえなあ」と見惚《みと》れている。

とにかく、会場は渡と小林がどうなるのか注目した。

二人は嫌々肩を組み、よたよたと進みだした。

「ちゃんと合わせろコラ」

「てめーが合わせろコラ」

二人は睨み合い文句を垂れながら、少しずつだが、足を動かすリズムが合ってきた。

「いちに、さんし、ごーろく、しちはち」

二人とも、自然と8カウントをとり始めた。

「おい、足を引っ張るんじゃねーぞ」

渡が言った。

「てめえこそ！　俺らはな、大会優秀しなきゃなんねえんだよ。優勝して、ついでにこの学校を救ってやるよ！」

小林が絶叫した。「なんでもいいから一番になってやるんだよ！　俺は、自慢できる兄貴になりてえんだ！」

その言葉に、小林のファンたちは勝手に流れ弾に撃ち抜かれた。兄《あに》さん、一生推します、と。彼らに放ったわけではなかったのだが。

渡が腕にぐっと力をこめ、小林に顔を寄せて、小声で言った。

「俺がその願い、叶《かな》えてやるよ」

見ていたサッカー部員たちがざわめく。俺たちの兄貴が！　あんな、どこの馬の骨ともわからんやつに、自ら顔をくっつけてる！

「ランプの魔人気取ってんじゃねえぞ」

小林がふっ、と笑った。

次第に二人のペースが上がっていき、校外へと、やっと出ていった。

「もう間に合わないよ、終わった」

応援席で、沢本が言った。

「俺、一緒に走って応援する」

川地は立ち上がり、二人を追って走りだした。負けたらそれまでだ、なんて思っていた自分が、恥ずかしくてたまらなかった。もう、無性に走りたくなった。

「おい、次は玉入れ」

高橋《たかはし》の呼ぶ声など聞こえないようだ。

「カワちん、待てよ！」

文芸部員全員が後に続いた。

「文芸部！　種目不参加の場合は――」

教師の誰かが叫んだが、その声は、彼らに届かなかった。

山内と和田は、後ろを確認しながら、一息ついた。

「文芸部、ありゃビリだろ。ゆるくいこうぜ」

「ああ」

「なんだよ、どうした？」

「俺ら、初めてじゃね？　二人っきりとか」

「体育の時ペアになるじゃん」

「ワッち」

「なに？」

「お前プロなりたくないの？」

「そう簡単になれねーだろ」

「そうかな」

「そうだよ」

二人は黙った。

いちに、さんし、ごーろく、しちはち
いちに、さんし、ごーろく、しちはち
「ん？」

遠くの方から鬼気迫るカウントが近づいてくる。

「まさか、え、うわっ！」

とんでもない形相で小林と渡が二人を追い越していった。

呆気《あっけ》にとられていると、

「ワッち！　ヤマ！　指貸して」

突然川地が二人の手を掴み、朱肉を指につけ、そのまま紙に押しつけた。

「なにするんだよ！」

「はい、拇印《ぼいん》いただきましたー！　お前ら負けたら強制的にヲタ芸って契約書作っちゃったー！　いやなら取り返してみ〜！」

川地が全速力で走り去っていった。

「あの野郎！　ぶっ殺す」

「行くぞ！」

とお互いを見合わせたときだった。

クラスメートたちがどんどん二人を追い越していく。

呆気にとられ立ち止まり、男たちを見送ってしまった。

「なんだあいつら」

「でも、楽しそうだな」

「なんか俺らさ、プロとかよりも、まず楽しくやってみるの、どう？」

「とりあえず、これに勝ってから、だな」

お互いの肩を叩《たた》き合《あ》い、二人は再び走りだした。

宍戸と二谷は独走状態だった。

「もう余裕っしょ」

「当たり前だよ」

「俺らのいないところで騒いでいるのがムカつくんだよ」

「わかる」

二人は出会ってから、ずっと同じだった。初めて話したとき、趣味が同じことにびっくりした。ファミレスに行ったら同じものを注文してしまう。好きなセクシー女優だって被《かぶ》っている。こんなに感覚が同じやつがいるのか。自分たちはもしや、ソウルメイトってやつなのかもしれない。

二人でいれば、他はどうでもいい。最強なのだ。

教師の見回りポイントが近づいてきた。

「いまのうちになんかジュース飲もうぜ」

自動販売機が見えた。

「おう、あれだな」

二人は同時に言った。

「スコール」

「ファンタ」

驚いて、お互い顔を見合わせた。

「あれ？」

いちに、さんし、ごーろく、しちはち
いちに、さんし、ごーろく、しちはち
渡と小林が猛スピードで二人を追い抜いていった。

「ヲタ芸、一緒にやろう！」

川地が息を切らしながら、笑いかけ、去っていった。

ヲタ芸をやってる連中も、続いた。

「勝っちゃってごめん～」

ビリッけつの沢本がバカにするように、尻を叩いてみせた。

そして、

「待てこの野郎ー！」

背後から山内たちの声が聞こえてきた。


文芸部の8カウントの掛け声が町内に響き渡った。

「コバやんとワタリ、すごくない？」

沢本が川地に追いついて、喘《あえ》ぎながら言った。

「だってうちらのセンターだぜ」

川地は渡たちの背中を視界に捉え、息を切らしながら答えた。もう迷いはない。二人は最高だ。

「カワちん」

追いかけてくる山内たち、ペースを崩しながらも食らいついていこうと全力の宍戸たち。

校内に入り、山内たちが猛烈にダッシュを始めた。小林たちに並んだとき、和田が山内の肩を強く叩いた。

「止まろう」

渡と小林がゴールし、思い切り前のめりで倒れた。

二人の勝利に、生徒たちが堪《こら》えきれずに歓声をあげた。

「なかなかやるじゃん」

渡が起き上がり、素直に、笑った。

「ザクとはちげーんだよザクとは」

小林もまた、息切れしながら、偉そうに言った。もう終わったのに、なぜか二人とも、身体《からだ》を離そうとしなかった。

そして二人はしっかと抱き合った。

「……汗くせーんだよ、サッカークソ野郎」

「……てめえもな、文芸ヤンキー」

周囲から奇声が巻き起こった（蛇足になるが、その時の写真が、写真部で過去一売れたそうである）。

泣きだしそうになるのを堪えているクラスメートが小林と渡を取り囲んで、そして、無茶苦《むちゃく》茶《ちゃ》に叫びながら、おしくらまんじゅうを始めだした。

いつのまにかその塊は円陣になり、川地が掛け声を始めた。

「文芸部！　全員童貞！」

津川だけがそっぽを向いた。

「よっしゃ行くぞー！」

小林と渡を囲んで大騒ぎしている連中を、みな、ただ眺めることしかできなかった。


「俺たちもあれやんの？」

山内たちはその有様をぼうっと眺めていた。

「契約書あるしな」

和田が困ったように笑った。

「まあいろいろこれから話していこうよ」

「キノッぴいとスギちゃんが走ってきた」

「ごめん……俺たち、ちゃんと応援してなかった……」

木下が二人に抱きつき、杉山が続いた。

「いいって、怪我《けが》しない程度にやろうって決めてたろ」

軽音楽部の四人、ヲタ芸に電撃加入、なんてな。山内の口元が緩んだ。

「俺、実はスコールよりファンタ派だったんだ」

宍戸が言った。

「俺はほんとはコーラはペプシ派」

二谷が言った。

「違うじゃん俺ら」

「ちなみに俺はあいつらのこと、ちょい羨ましい」

「俺も」

「そこは一緒なのな」

二人は苦笑いを浮かべた。

趣味が同じでなくても、やっぱり二人はソウルメイトだ。絶対に。


「……よかったですね」

石原は目を細めた。眩《まぶ》しすぎる。

「最後はきみだよ」

中平が言った。

「……ぼくは曲を作るから」

石原は首を振った。中平の顔を見ることができず、前を向いていた。

「でも、まだできないんだろ？　自分史上最高の曲を作ろうとして気負っているだろう。これまできみは、自分のために曲を作ってきた。今回は、みんなの曲を作ろうとしている。だったらきみも、あいつらと一緒になって踊ってみたらいい。アイデアが浮かぶかもしれない」

中西の言葉に、石原は答えず黙った。

「返事はしないでいい。きみは二年間戦ってきた。頑張っていたことを、あいつらは知らないし、きみだってうまく話せないかもしれない。でも。彼らは見ての通りバカだが。優しさだけは日本一だ。部室おじさん調べだけどね。きみが助けてって言ったら、ない脳みそで考えてくれる。なんの解決にもならないかもしれないけど、一緒に世界を変えてくれる。だからみんなで自分を超えよう」

その言葉を聞き終えて、石原は横を向いて、

「……中平ニキ」

返事をしようとした。

中平の姿は見当たらなかった。

しばらく混乱して、そして、終わりそうもない騒ぎのほうを向いた。

「……よし」

石原は、文芸部たちの輪に交ざろうと駆けていった。

文芸部は競技に参加しなかったこと、体育祭の最中に大騒ぎをして進行を妨害したことにより最下位となった。


そして六月、珍しく晴れた日曜日。商店街の歩行者天国は、買い物客で賑《にぎ》わっていた。

「ひゃー、緊張する～っ！」

ふれあいコンサートの舞台裏にスタンバイしている文芸部員たちが、円陣を組んでいた。

「今日マサちゃんが観《み》にくるんだよ」

高橋はずっと手のひらに人の字を書いている。

「え、てことはメイちゃんもくるの？」

三橋《みつはし》がガッツポーズをした。

「キノッぴい、足ツルツルじゃん」

杉山が目ざとく木下の変化を指摘した。

「今日に備えて剃《そ》っておいたんだ〜」

「えーっ、俺も剃ればよかった、誰かカミソリ持ってない？」

岡田《おかだ》が聞きつけて、自分の脛をさすった。

「精神集中しろよ。川地、なんか言うことないのか」

小林が言った。

「え？　とにかく、練習でやったことをしっかりやろう、とか？」

「お前さあ、キャプテンなんだから、ちゃんと率いる言葉を持てよ、本読んでるんだしさ」

長門《ながと》が呆《あき》れた。

「キャプテンじゃねえし」

川地は首を振った。

「お前が俺たちをここまで巻きこんだんだから、俺たちのボスだろ」

渡の言葉に、全員が頷《うなず》いた。

「……一番後ろで、みんなのこと、ちゃんと見てるから、安心していいよ」

川地は言ってから恥ずかしくなり、下を向いた。

「見つめてくれんの？　俺たちのかっこよさにぼーっとすんなよ？」

赤木が茶化《ちゃか》した。

「惚《ほ》れたって、抱いてやんねえからな！」

津川が川地に背後から抱きついて、くすぐりだした。

「なんかみんな体育祭以来スキンシップが過剰すぎん？」

沢本も負けじと抱きつくと、他のメンバーも続いて、膨れ上がった。

「お前ら、ここはあくまで通過点だってこと、わかってるよな」

その様子を眺めていた西河が仏頂面で言った。威厳を保とうとしているらしい。

「はいはい、『自分を超えろ、世界を変えろ』でしょ」

青山《あおやま》が口をとがらせた。

「俺ら伸び代しかないんで〜」

葉山《はやま》が舌を出した。

「パフォーマンス時間は十五分、自己紹介もMCもなし。自分たちのパフォーマンスだけで客席を沸かせてみせろ」

「はい！」

体操着姿の二十名が、ステージに飛びだしていった。


舞台が終わったとき、私立一高校文芸部は、三茶の顔となった。

あしたのために　その6

川地《かわち》は玉砕を覚悟しながら世田谷《せたがや》線に乗りこみ、乗客を掻《か》き分《わ》け、芦川《あしがわ》を探した。

「おはようございます！」

見つけることができて、川地は周囲を気にせず大声で挨拶した。

「おはよう、暑くなってきたね」

芦川がちょっと困りながら、笑顔で答えた。

「あのですね、実はぼく、夏休みにイベントに出演することになりまして」

川地は咳払《せきばら》いをして、ポケットからチラシを取りだし、渡した。

ここまでは予行演習通りだ。もうしょうもない言い間違えなんて愚かな失敗はしたくない。本人を前にすると声が上擦ってしまうが、とにかくやり切ることがいまは大事なのだ。

「あ、これ知ってるよ。すごい！　出るの？」

芦川はチラシと川地を交互に見て言った。

「はい、で、もしその日お暇でしたら招待券を」

ポケットに入れておいた封筒を取りだそうとした。その様子は、どうにかして商品を買ってもらおうとへりくだるセールスマンみたいだった。

「実はこれ、知り合いからチケットもらったよ。行くかはわからないけど。頑張ってね」

想像していなかった返事がきた。慌ててはいけない。とりあえず、

「はい！」

と元気よく返事をした。だが、あとの言葉が続かない。

「じゃあ、またね」

川地の降りる駅に到着した。

電車から降りた川地は、通り過ぎるイチ高生たちの視線など気にせず、電車が見えなくなるまで手を振った。そして、がっくりと肩を落とした。

その様子を見ていた沢本《さわもと》は声をかけられなかった。芦川の「知り合い」って、きっと宝田《たからだ》に違いない。

川地は途中にあるコンビニ『ダイモン』に寄った。棚を見るわけでもなく、商品を手に取ろうともせず、ぼんやり一周した。店を出ると、なにかを決心したような顔をして、封筒を店前のゴミ箱に捨てた。

「サワもん、行こうぜ」

川地は生徒たちに交じっていった。

沢本は、ゴミ箱に手を入れた。

石原《いしはら》の曲作りは難航していた。

「……なかなかインスピレーションが降りてこないんです」

か細い声で謝る姿に、クラスメートたちは「気にしないでいい」とねぎらったものの、同時に「降りてくるものなのか？」と口にはできずにいた。山内《やまうち》と和田《わだ》だけはアーティストぶってうんうん頷いた。

だが、さすがにそろそろオリジナル曲がないと、本番に向けての練習ができない。

「だったらひとまず、これを練習してみない？」

沢本が提案した曲は中学の頃に流行《はや》ったアニソンだった。

「べつにいいけど、なんでこれ？」

長門《ながと》が首を傾《かし》げた。

「みんな知っているし、ちょっとね」

と沢本は含み笑いを浮かべた。

「とにかく、イシハラ、自分だけで背負いすぎんなよ。もしなんなら、軽音が作ってもいいんだしさ」

山内が言った。石原が加入し、作曲をすると聞いたとき、ちょっとばかりムッとしたのだ。石原のピアノのうまさは認めるが、オリジナル曲なんて作れるのか？　と怪しんでいた。

「ヤマ、うちらにオリジナル曲なんてございましたっけ？」

杉山《すぎやま》が茶化した。

「そんなのイシハラだって作ったことないじゃないか」

山内が気分を害して膨れると、

「……作ってはいるんです。学校にきてないあいだ、ずっと作っていたんですけど」

石原が下を向いた。

「だったらその曲聴かせてよ」

和田が無邪気に言った。

「……ネットにあげているんですけど」

「だったらいいじゃん」

「……恥ずかしいんで、ちょっとそれは」

「ネットにあげてるのに？」

世界中に発信しているくせに人に知られたくないなんて、クリエイターっていうのはわからないものだ、と思ったが、

「……友達に聴かせるのはまだ勇気が……」

友達、という言葉に気をよくして、みんな納得した。

「じゃあ文芸部、とりあえず先に歌詞を考えろ。歌詞があったほうがメロディ浮かぶだろ」

赤木《あかぎ》が川地たちに言った。

「歌詞ないとダメ？」

川地が訊《き》くと、

「やっぱエモくてメッセージ性があってアガるやつじゃなきゃだめでしょ」

「これまでアニソンでやってきたんだから、そのくらいテンション高いやつ頼んますよ」

周囲の連中が好き勝手なことを述べた。

その様子を沢本はにやにやしながら眺めていた。

「というか、元祖文芸部三人、今度西河《にしかわ》と進路面談だろ」

岡田《おかだ》が言った。

「元祖ってなんだよ」

川地が口をとがらせた。

「時代はアップデートされて、シン・文芸部だから」

三橋《みつはし》が笑った。

「仲間が増えたってことよ」

長門が頷いた。

「ズッコケ三人組以外はだいたい推薦決まっているし、お前らさっさと将来の大学デビューを考えろ」

岡田の言葉に、三人は顔をしかめた。『三悪』から『ズッコケ』となったのは、親しみがこめられている、としておくことにした。

「……あの、ところで、教室に入ってからずっと気になっていたことがあるんですが」

石原が恐る恐る挙手した。「なんでみんなパンイチなんですか?」

教室で服を着ているのは石原と川地だけだった。

「暑いから～」

葉山《はやま》が平然と答えた。

「いや、お前はパンツじゃなくて水着だし」

青山《あおやま》がつっこみ、みんなが笑った。

この高校は冷房をつけるタイミングが気温ではなく七月一日からと決まっている。よって生徒たちは暑くなると脱いでうちわを扇《あお》ぎながら授業を受ける。しまいにはパンツ一丁になって、帰る際にやっと制服を身につける。

「……あと、キティちゃんが好きなんですか？」

石原は渡《わたり》に言った。

「母さんが安売りで買ってきたから」

渡の穿いているトランクスには、キティちゃんが散りばめられていた。そもそも渡は自分の身につけるものに対してのこだわりが皆無だ。

「マザコン野郎が」

小林《こばやし》が鼻で笑った。

「んだとコラ」

「あんだコラ」

「いちゃつくなって」

赤木がメンチを切りあう渡と小林を割って止めた。「逆に聞きたい、お前らはことあるごとに顔寄せ合うけど、もしかしてキスしたいのか？　両想《おも》いなのか？　だったら応援するから真実を話してくれ」

「なわけねえだろ！」

その日、進路指導室で西河はずっと苦い顔をし続ける羽目になった。

一人目、小林。

「あのな」

「なんすか」

「なんすかじゃねえよ。いままで進路希望無記入だったくせに、なんで京都大学とか書いてあるんだ?」

「ああ、行ってやろうかって」

「ちょっとそこのコンビニまで、みたいなテンションで言うな! どうしてお前が上から目線なの? 最下層から見上げる立場だろ!」

「先生、なんとかしてくれよ」

「無理、そんなコネも時間もない。それにお前、学年ビリだろ。なんでいきなり京大なんだよ。俺が無理やりお前のいいところを百倍盛って、適当な大学にぶちこんでやるから、そこで我慢しとけって」

「それじゃ駄目なんだよ。前々から思ってたんだ。あの男と同じ大学入って見返してやるんだ」

義理の父のことだった。

「あの男って、どなた? いやいや、無理です、そんな無謀な戦いに行かせられません!」

「とにかく俺、京大行くから」

「京都なんて高校卒業したらいつだって行けるって。それに今観光客ばっかりで暮らしづらいぞー！　バスだって時間通りこないし、どこだって混んでるし」

「だからちげーよ、大仏とか興味ねえよ」

「それは、奈良だ！」


　二人目、川地。

「第一志望に書いてある大学、俺、名前聞いたことなかったんだけど、一つ聞いていい？」

「はい」

「なんできみら、揃《そろ》いも揃って急に京都行こうとしてんの？　いったいなにがあるの？　ワンピースでもあるの？　世はまさに大海賊時代だったの？」

「東京から、離れようと思って」

「だってお前、一人暮らしは。親御さんは、なんて」

「京都におじいちゃんが住んでいるんで、大丈夫だと思います」

「別に文学部なら東京にもいっぱいあるし。やる気あるなら一浪覚悟で早慶にチャレンジしてみても」

「浪人なんて無謀なことしたくないんで。そもそも卒業したら先生、自分に責任ないからそんな雑な提案するんでしょ？」

「現実的なのか冒険家なのかさっぱりわからん。お前、親元離れたってさ、どうせ学校行かないでふらふらしているうちに、気の迷いで人力車のバイト始めて、自分がモテてるって勘違いして女関係で揉《も》めて、大惨事を起こすぞ」

「なんでそんな具体的なんですか。ていうか先生、大学のとき京都旅行で乗った人力車のマッチョに彼女を略奪されたって本当ですか？」

「……川地、その噂《うわさ》は、デマだ」

「本当だったんだ」

「……デマだと言っている。ただ、俺が伝えられることはただ一つ。爽やかを売りにした、口のうまい体育会系に油断してはいけない、とくに大切な人がいるときは」

「すみません、古傷抉《えぐ》りました」

「……だからデマだ」

「なんか、一人になっていろいろ考えたいんです」


三人目、沢本。

「なんで俺が顧問の文芸部員だけ、進路決まってないんだよ」

「イシハラだって決まってないでしょ」

「あいつの進路は俺がとやかくいう筋合いではないから」

「なにそれ。もしかして投げてるの？　ひどくない？」

「人のことより自分のこと。他人のことばかり気にしていると、人生の階段を踏み違えるぞ」

「ぼく決まってるもん」

「これは進路じゃねえ。なんだよ『第一志望、川地と同じとこ』って。友達と一緒じゃなきゃ嫌って。一生の問題なんだぞ」

「カワちん、ぼくがいないと駄目だから」

「その発想、メンヘラな彼女な」

「だって先生、カワちん、純粋なんだから、誰かがそばで見守っていないと。詐欺に引っ掛かったりでもしたら、どう責任取るつもり？　なんかコロッと騙《だま》されそうじゃない？　ぼくが悪徳業者だったら絶対骨の髄までしゃぶり尽くすけど」

「親友だから離れたくないってぬかすわりに、結構かますよね」

「だからぼく起業しようと思うんだよね。で、カワちんを雇ってあげようかなって。儲《もう》かりそうな仕事探しているんだけど、先生知らない？」

「未来を見据えるのはすごく大事だけどさ、そこから逆算して近未来のことも想像してみない？」

「カワちん、どこに行くって？」

「……それは本人に聞けよ」

「珍しく隠しているんだよね。なんかヒントがあるかと思って、あの芦川って女に渡すはずだった手紙、入手したんだけどさ」

沢本がリュックから、ぱんぱんに膨らんだ白封筒を出した。

「は？　人の手紙を？　お前、さすがにひどいぞ」

西河はそれを見て、果たし状かと思った。

「まあ、読んでみてくださいよ……」

さすがに教え子が書いたラブレター読むとか最低すぎる。セカンド童貞をこじらせ、他人の恋バナ（とくに失敗談）が大好きな西河でさえ、躊躇《ちゅうちょ》した。

沢本はニヤニヤして封筒を西河の前へ滑らせた。まさに善悪を知らない、「恐るべき子供」だ。

「みんな人の手紙とか日記、大好きじゃないですか。ダーハマなんて、妹のＳＮＳ、毎日監視して、正体を隠してクソリプおじさんみたいになっているし」

「最悪すぎるだろ、その巻きこみ暴露」

西河は封筒を沢本に戻した。

「いくら捨てたからって、拾うのは駄目、晒《さら》すのなんて論外。破棄しなさい」

「えーっ、最高なのに」

「個人宛を、お前ってやつは」

結局西河は抗《あらが》えなかった。「ま、教え子と悩みを分かち合うのは教師としての務めだから」

そこにあったのは、びっしりと改行なしで書きこまれている、筆圧の強い文だった。しかも便箋を数えたら十枚ある。正直読む気になれない。

西河は読んでいるあいだ、何度か呼吸を忘れそうになった。

「どうですか？」

沢本は笑顔で訊《たず》ねた。

西河は、手紙を机に放って、そして、目をしばたかせた。

「正直、読むまでは文豪の生原稿かと思った。これはまた、旨《うま》みが凝縮されて歯応え抜群、飲みこんだら腹がびっくりするレベルで。なんというかスパイスが効きすぎて舌が麻痺《まひ》しそうなヤバいアジア飯みたいな」

「なにその忖度《そんたく》して伝わりにくくなった食レポみたいなの。まずいってこと？」

「いや、最高すぎて、令和になって初めて泣きそうになった。タンスに小指ぶつけて以来だ」

しかし、と西河は言葉を続けた。「これ読まされる者の身にもなってみろよ、重すぎ」

「でしょ？」

沢本は我が意を得たりと得意満面だ。

「この手紙が相手に渡らなかったのは、事故を未然に防ぐことができた、としか」

「というわけで、この超大作のラブレターをＰＤＦ化してイシハラに『歌詞できた』って送信しちゃいましたーっ」

「はあ？」

沢本が舌を出しておどけた。

「想いが溢《あふ》れちゃったみたいだから、適当に切り貼りして、って」

「お前、それは」

「だっていつまで経《た》っても歌詞ができないほうが大問題じゃないですか」

西河は、目の前の生徒に、ひいた。こいつ、悪魔だ。

「人の心、どこに置き忘れてきた」

「ママのお腹《なか》の中に。生きる上で必要ないもん」

沢本はまったく悪びれる素振りもない。

「Ｚ世代の心、測りかねるわ」

「そうそう、歌うのもボカロでよくね、って思ってたんですけど、やっぱ初音ミクもいいけど感情こめてもらったほうがアガるから、ディーバが必要だなと……。この計画がうまくいったら、カワちんは一皮どころかズル剥《む》けになるんじゃないかな」

沢本が嬉々《きき》として悪巧みの一部始終を語りだし、西河は戦慄した。こいつ、川地のためなら当人がボロボロになる可能性があるとしても構わないのか。

「ワタリとコバやんの『わた☆こば』カップルはきっと大会でも人気になるし評価されるだろうけど、最終的に優勝決めるのって、どうせオジでしょ。あいつら無難なとこに置きにいくから、宝田が優勝するのは既定路線。日本、センスない老害が支配してるとかゾッとする」

沢本の語り口はどこか聞き覚えのあるものだった。懐かしい、とすら一瞬感じた。いや、まるで、憑依《ひょうい》されている、とすら思えた。

あいつに。

「お前、この手紙、石原以外に見せたか」

西河は危険を感じた。

「え」

「お前が川地に依存してるクソ餓鬼《ガキ》の皮を被《かぶ》った悪党なのはわかった」

「ひどい、生徒に向かって誹謗《ひぼう》中傷」

「お前が言える立場か。未成年だったらなにしたって許されるとか思うなよ。この計画を、誰にも言っていないな?」

さすがにひどすぎる。校外の人間を関わらせるのも反対だ。

「一人だけ。ていうか、そうしろってアドバイスをいただきました」

「誰だ、小林か」

いや、あいつはそんな悪知恵を働かせるようなやつじゃない。

「中平《なかひら》さん」

西河はその名前を聞いて、頭が真っ白になった。

「すまん、もう一度言ってくれ」

「……ＯＢの中平さん」

「中平って、まさか中平イチゾウのことじゃないよな」

その名前を口にして、西河は震えた。

「いつもジュース奢《おご》れって、ぼくらをパシリにする」

「持ちこみ禁止のゲーム機でずっと『モンハン』してた中平じゃないよな」

「それはわかんないけど、ずっと部室のソファで寝転がって漫画読んでる」

中平だ。絶対に中平イチゾウだ。

「どこで会ったんだ」

西河は訊ねた。けれど、知りたくなかった。

「いつも部室にいるし。ねえ、あの人無職ですよねえ。でも卒業生だからってなんで簡単に学校に入れ――」

沢本の言葉を聞き終える前に、西河は立ち上がった。

「って先生?」

こんな西河の顔、沢本は見たことがなかった。

「それはお前だけ見えるのか？」

怯《おび》えている沢本に向かって、西河はきつい口調で訊ねた。自分はそれ以上に怯えている、と思った。いや、これは、怒りだ。こんなにブチ切れているのは令和になって初めてだ。

「見える？　クラス全員知ってますけど」

「なんでいままで言わなかった！」

「だって、中平さんが、先生と仲が悪いから内緒って、中平さんにぼくがチクったって秘密に――」

西河は進路指導室から飛びだした。通路を歩いている生徒たちは、その勢いにびっくりして道をあけていく。文芸部の部室のドアを勢いよくあけた。

誰もいない。

西河は部屋にあった掃除用具入れを乱暴にあけた。いない。西河は混乱し、あたりをしっちゃかめっちゃかに荒らした。中平、お前、どこにいるんだ？

「やっぱ仲悪いんじゃん」

沢本はその荒れ狂う様を震えながら眺めた。

物騒な音を聞きつけ、通りかかった生徒たちが部室を覗《のぞ》きこむ。ついにこいつ、長年カノジョできなくて、ついにいかれたか？　と生徒たちは思った。

西河はすっかり荒れ果てた部室に一人、立ちつくした。

中平、全部お前の目論見《もくろみ》か。

まだ成仏してないのか、あのデブ。

「沢本」

西河は沢本のほうを向かずに言った。

「はい」

「お前、さっきの計画を誰かに言ったら、退部な」

「そんな横暴すぎ」

「遊びじゃねえんだよ、これは！　もうおしまいだお前らのくっだらねえ青春グラフィティは」

掃除用具入れに向かって言った。かつて貼った神社の札がないことに、西河は気づいた。


未来にどんなことが起こるのか、多分これからも、ぬるっと平和に生きていくんだろうな、そんなふうに西河が思っていた頃のことだ。高校を卒業し、推薦で入った教育大学で、教職取得を一応の目標にして、暮らしていた。

将来教師になるかどうかもわからなかった。とりあえず、資格は取っておいたほうがいい、そのくらいのノリでしかなかった。

デニーズ世田谷公園店は、まだ二十四時間営業で、深夜に暇な客が、眠い目を擦ってぼんやり朝を待っていた。

「そっちのキャンパスライフはどうよ」

西河は、中平に半笑いで訊ねた。会うたび繰り返される思い出話のストックも、本日分が底を尽いたところだった。

「つまんね。つーかさ、高校、楽しすぎた」

中平はあくびをしながら答えた。中平は高校を卒業してから、目方がずいぶん増えた。昔の面影は、顔のパーツくらいしか残っていない。西河は会うたびに、「運動しろよ、せっかくあの監獄から自由になったのに」と忠告したが、中平は曖昧に笑うだけだった。

「まあ、これからっしょ」

「教職取れそう?」

「赴任するなら女子高がいいな」

「犯罪者予備軍なんてどこも雇わねーし」

「ゆーとけゆーとけ。実は最近仲いい女の子がいてさ。もしかして、二人で京都旅行とかしちゃうかもしれん」

「なにどれ、写真見せろ」

「『ラブジェネ』の頃の松たか子さんそっくりじゃね?」

「お前ほんと好きな。高校のときもパン祭りのシール集めてたし」

「あれはオフィシャルグッズみたいなもんだから、お前の界隈《かいわい》みたいに充実してないんだよ」

「ぜってえバカにしてるだろ、ぼくのさっしーを。選抜総選挙で使い果たして、こっちは金ねえんだよ。ここのドリンクバー、お前奢れよ」

「金ないなら、夏休みお台場でバイトせん?」

「一緒にやるならいいけど」

中平は気のない返事をした。

「決まりな」

「マジ高校楽しかったわ」

「なんで優勝できんかったんだろ。頑張ったで賞みたいなのいらねーし」

「パフォフェスにヲタ芸って、色物扱いされるの初めからわかってたじゃん。学校に内緒で出場したから、バレて大騒ぎになっちゃったもんな。学校の要請でぼくたちが出てたこと、ホームページから抹消されたし」

「俺さ、教師になったら生徒にヲタ芸やらすわ」

「うわーっ生徒不憫《ふびん》すぎるだろ」

「優勝させて俺の青春も塗り替えるんだ」

「なんだそりゃ、自分のために生徒利用すんな」

「俺たち最高に楽しかったじゃん。俺たまに思い出すもん、最強の思い出さえあればいつだって楽しいんだよ。だから、もしやりたいってやつがいたら、さ」

西河の言葉を聞いて、中平は目を細めた。

「……まあ、いいんじゃないすか」

「だいたいお前、小説書く書くって言ってて、ずっと書いてねえじゃん」

「高校のときに教師どもにぼくの才能を潰されて以来、スランプだから」

「ああ、あのモンハン」

「自分にオリジナリティがないってことだけはわかったよ」

「え、あれギャグで書いたんじゃないの?」

「……ああ、冗談に決まってんじゃん」

中平は、窓の向こうを見た。真っ暗な世田谷公園が見えるだけだった。

遺書
たぶんこれからいいことないし、どうせぼくダメだし。迷惑かけないやり方で死にます。
西河、蔵原《くらはら》、達者でな。
中平イチゾウ

大学四年生の夏、友達が突然首を吊《つ》って死んだ。

中平にとって、一緒に踊ったことは最強の思い出なんかではなかったのか。

通夜の夜、西河は中平の母親から、大学には行かず、ずっと部屋に引きこもっていた、と聞かされた。そんなこと、中平は西河の前では決して打ち明けなかった。友達に、自分がだめになっていることを見せたくもなかったし、恥ずかしくて相談できなかったんだろう、と中平の母親は泣いていた。

「あの子、いつも話していたのよ。西河くんは学校の先生になるって夢があるけれど、自分はなにもなれない。怖くて怖くてたまらないって」

三月三十一日。西河はかつての担任とイチ高の校舎を歩いていた。自分が通っていたときと、なにも変わっていない。変わったのは自分の立場と内面だった。

「まさか実の教え子、しかもお前が同僚になるとは」

元担任は困った顔をしていたが、おかしくてたまらないらしかった。

「お世話になりまーす」

「生徒の顔と名前、ちゃんと覚えろよ」

「そう考えると先生ってすげぇな」

「やっとわかったか。特にお前らの代はあれだ。オタクのあれ」

「ああ」

「許可も得ずにやるわ反抗ばかりして、あれから校外活動は顧問の許可を徹底してるんだぞ」

「後輩に迷惑かけちゃったな」

「ああ、お前はうちの学校の黒歴史だ」

「なのに採用してくれて、感謝しかないっす」

元担任が立ち止まった。窓の向こうで理事長が花の手入れをしていた。新入生のために、校内の植物を自ら丁寧に世話をしている。

自分が学生のときは、まったく気が付かなかった。

「中平のこと、よく頑張ったな」

その言葉に、西河は喉を鳴らした。

「あ、そうだ。ボーナスって前借りできませんか。あいつの代わりに指原莉乃《さしはらりの》に投票しないといけないんですよ」

半分冗談で、自分をごまかすために、言った。

「お前は本当に、昔っからバカだ。もう一度、この学校でやり直せ」

元担任は、持っていたファイルで西河の頭を叩《たた》いた。無理して笑おうとしているのが見え見えだった。

「中平、高校卒業してからブクブク太って。気にしてしばらく写真撮ってなかったから、遺影、高校の卒アルだったじゃないですか。計算高いんだから、葬式までに痩せとけよ。大学で生徒のSOSのサインがどうこうって習ったけど、友達が死のうとしてんのに俺気づかないとか、やばすぎませんか？　こんなのが教師とか生徒かわいそうすぎません？　もう俺、なにもわかんないんですよ。人の気持ちとか、人がなにを考えているかが。怖いんですよ、ほんとに、怖くて、自分が情けなくて」

理事長が、西河のほうを向いて、笑いかけた。


しばらくして、夜の学校で太った幽霊が歩いていた。そんな噂《うわさ》が立った。

「はんかくせえ」

そんなふうに思いながら、近所の神社で買った札を部室の掃除用具入れに貼った。

学生時代、中平は掃除用具に隠れて、人を驚かしては大喜びしていた。

石原が稽古のため、夕方学校にやってきたときだ。

「いたー！」

沢本が猛ダッシュして向かってきた。タックルして抱きつき、泣《な》き喚《わめ》きだした。石原はなぜこんな仕打ちを受けるのか、さっぱりわからなかった。西河が、カワちんが、芦川のせいで、となにかを途切れ途切れに訴えてくるのだが、話の全容をまったく理解できなかった。

「……いきなりクライマックス」

石原は耳を押さえていた手を沢本の肩に置き、とにかく引き剥がそうと試みた。力強い沢本の抱擁を解くのに時間がかかった。

「これ、学食で買ったシベリア！　あげるから！　許してぇ！」

沢本が頬にぐいぐいと菓子を押しつけてきた。

「……どうも。でもシベリアは武器じゃない、意味ないから、おやつで刺さないで……」

石原は沢本をなんとかなだめ、事務室そばのベンチに座らせた。

「ぼく、好きなんだ、シベリア」

結局菓子は、沢本が食べた。

「……よかったです」

やっと落ち着いたらしい沢本に、石原は安心した。

「実は歌詞のことなんだけど」

沢本がすまなそうに切りだした。

「……まだ叩き台ですけどざっと曲を作ってみました」

ちょうどいい、その話をしたかったんだ。みんなより先に、発注者である沢本に話しておこう。

「えっ」

沢本が顔を歪《ゆが》ませた。

「……インスピレーションが湧いてきました。歌詞を切り貼りしてみたんですけど、まだ自信がなくて……ちょっと聴いてもらえませんか」

石原はバッグからMacBookをだした。

「え、パソコン？」

沢本が目を丸くした。「お金ないんじゃないの？」

「……もらった文章……最初なにが言いたいのかさっぱりわからなかったんですけど、何度も読んでいたら、好きな人にどうやって、自分の好意をどう伝えようかって、すごくぎこちないけれど、優しいものを感じました。ああ、なんかいいなって」

操作しながら石原は話した。

「そんなふうに思ったんだ」

その音楽は、アップテンポなのに、どこか気持ちを落ち着かせた。そして、ボカロが抑揚なく歌い始めた。

川地の長ったらしい手紙の一部だった。

中平も、読み終えたとき、「気持ち悪いけど、切実だね」と優しい目をしていた。その言葉を聞いて、いつものブラックユーモアかと笑ってしまった。自分は読めていなかった。中平や石原は、川地のこめたものを、ちゃんと汲《く》んだんだ。自分は川地の一番そばにいて、なにもかもわかっているつもりで、嫉妬の色眼鏡《いろめがね》越しで見て、気づいてやろうともしなかった。

「いい曲だね」

沢本は鼻をすすった。川地の書いた文章から、こんな綺麗《きれい》な曲が生まれるなんて。

「……でも、まだなにか足りない気がするんです。カワちんさんの感受性を、なにか別のものに託してみたら、きっとぼくたちらしい曲に仕上がると思うんだけれど」

「だったら本当に申し訳ないんだけど、この歌詞は……」

「……サワもんさんが褒めてくれるなら、これグループに送っておきます」

「グループ？　なにそれ」

石原が嬉《うれ》しそうに手を動かしている。沢本はディスプレイを覗《のぞ》きこんだ。

「……カワちんさんとサワもんさん、スマホ持ってないじゃないですか。他のみんなは持っているから、連絡用に」

「え？　いま、みんなに曲送っちゃったの？」

「……はい。みんなの意見も取り入れたいし、ぼくがどんな曲を作るか知りたがっていたから」

石原が照れくさそうに笑った。

「待って、消して、削除して」

沢本は石原のMacBookを掴《つか》み、揺らした。

「……え？」

声がした。二人の前に理事長が立っていた。

「ヤスユキさん」

「こんにちは」

沢本が反射的に立ち上がって挨拶すると、

「授業には出ないのに、学校にはくるのね」

理事長が言った。

石原が顔を逸《そ》らした。

「あの、彼とは、部活が一緒で」

沢本は庇《かば》おうと代わりに答えた。

「たまには帰ってきなさい。店の売り物なんかを使って練習するなんてみっともない真似《まね》をせず、うちのピアノを弾けばいいじゃないの」

「へ？」

沢本は理事長がなにを言っているのか、わからなかった。理事長と石原を交互に見た。二人とも、説明してくれない。

「……ルリルリ」

石原が困った顔をしている。

「元気そうで安心したわ」

理事長は去っていった。

「お知り合い？　ていうかルリルリって、なに？」

沢本は理事長が見えなくなってから、訊《たず》ねた。

「……祖母です」

「は？」

あまりの衝撃発言に、さっきまでの感情がどこかに飛んでいった。「え、イシハラって、御《おん》曹司《ぞうし》？」

「……いや、そういうんじゃないんですけど」

「でも貧乏なんじゃなかったっけ？」

沢本は気が動転して、失言していることにまったく気づかなかった。

「……どこ情報ですか、それ。まあ生活水準は高くはないですけれど、自分が遣うお金は自分で稼いでいるので」

「え、なにやってんの？」

「……曲を作って、最近は収益で」

「きみ、誰？」

沢本は石原の顔を覗きこんだ。石原は顔を背け、

「……ネットではストーンフィールド、SFって名乗っています」

その言葉に沢本はびっくりしすぎて、顎が外れそうになるほど口をあけた。

「ごめん、情報量が多すぎてパンクしそう。とりあえず一つずつ聞きたいんだけど」

「……はい」

「理事長のこと、ルリルリって呼んでるの？」

沢本が顎をさすりながら訊ねた。

「……ルリコだから、ルリルリって呼べって。小さい頃から半ば強引に」

石原は「内緒にしてほしい」と前置きして話しだした。

祖父である先々代の理事長がなくなったとき、継いだのは婿養子である石原の父だった。しかし石原の父は経営の才覚がなかった。理事長は娘夫婦を離婚させ、婿養子を追い出した。誤算だったのは、娘が従うと思っていたのに、夫のもとへ息子を連れて去ってしまったことだった。

石原は、家族が再び元に戻るきっかけを作ろうと、イチ高に入学したが、すっかり変わり果てた祖母の横暴な発言を入学式で聞き、学校に行くのをボイコットした。

「……来年イチ高は生徒を募集しないつもりです。着々と廃校へと動いています」

石原は、ため息をついた。このままでは、なにも変わらない。

「新入生来なかったら文芸部も終わりだあ」

沢本が天井を見上げた。「西河が部活決まらないやつ、適当に入れてなんとか存続させていたんだって。だって、唯一自分から入るって言ったの」

はっとした。

「……なんですか？」

「ううん」

そうだ、川地だけだったのだ。だから中平は、川地のことがかわいくて仕方がないのかもしれない。

「この話は内緒でお願いします」

石原が立ち上がり、壁に飾られた巨大な版画を見上げたときだ。

「なあに？　校歌？」

石原が硬直してるのを見て、沢本も立ち上がった。

そこにはこの学校の校歌が刻まれていた。

『青春讃歌《さんか》』作詞、石原康隆《やすたか》、とある。

「……祖父は詩人だと聞いていました。といっても、いままでいうインディーズで、ただの趣味でしたけど」

しばらく石原は、校歌をただ眺めていた。

「校歌を書いたのって、イシハラのおじいちゃんってこと？」

沢本の問いに答えず、石原はしばらく校歌を眺めた。そして、

「……この学校の、校歌で踊ってみませんか？　カワちんさんと、ぼくらの気持ちを付け足して」

と言った。


狭い階段を上っていきつけの飲み屋に入ると、蔵原がカウンターで名物のカレーを食っているところだった。

「気軽に呼びだすな」

蔵原はスプーンを掲げ、口を動かしながら西河に言った。

西河もカレーを注文し、二人は他愛《たわい》のない話をした。いつまでも西河の表情は硬いままだった。

食べ終えてから、西河は本題を切りだした。

「中平が部室にいるらしい」

大真面目《おおまじめ》な西河を、しばらく蔵原は眉間に皺《しわ》を寄せ見つめた。そしてぷっ、と吹きだした。

「保健室でカウンセリングしてもらえよ」

「俺だって信じられねえよ、でも生徒たちには見えているんだよ……」

「最近はそういうホラーが流行《はや》ってるのか？　参加型？」

いくら茶化《ちゃか》しても西河の顔は緩まない。「集団幻覚？」と蔵原は多少譲歩して、話を合わせた。

「どうやらヲタ芸も中平の差し金だったらしい」

西河が頭を抱えた。

「百歩譲って、性欲持て余した生徒たちが集団幻覚に陥っているかもだが、もし中平の亡霊が餓鬼《ガキ》どもに取《と》り憑《つ》いていたとて、誰も困らないだろ」

蔵原は平静を装って言った。もし本当だったら異常事態だ。当たり前だが、どうしても信じられない。

「なにをぬかしているんだ？」

「ヲタ芸でパフォーマンスフェスティバル悲願の優勝、お前の夢だったじゃん。叶《かな》ったら死んでもいいくらいだろ」

「お前だって購買部のオヤジなんだから、少しくらい生徒たちを心配しろよ」

「見守るだけでいいだろ、若え衆《わけ》を止めたところで、聞いた試しがあったか？　自分がまるでダメなオジになってわかったよ。オジはな、誰も守ってくれないの。なのに守るべき大事なものは増えていくの。そりゃ置きに行くだろう。あいつらも年を取ったらわかる。だから今は好きにさせておけば」

「中平は……おっさんになる前に死んだんだ。だから、止まってんだよ。ロック？　ていうか反体制？　汚い大人をやっつけろ的な？　そういうのを、生徒たちにオルグしてんじゃねーかって、心配なんだよ」

「別にいいだろ。無茶《むちゃ》するのに年齢制限はないけど、年取ると身体《からだ》がついていかないしね。お前、自分が若者じゃなくなったからって、悔しいんじゃないのか？」

「んなわけねえわ。高校生なんて戻りたくもねーし。酒も飲めないしお姉ちゃんのいる店にも行けねえ」

「くだんねえな、それしか大人になってできることが増えないんだったら」蔵原が前を向き、懐かしそうな表情を浮かべた。「たしかに中平のアジテーションはひねた餓鬼の思想だったよ。だが餓鬼からしたら、どうにかして自分の世界を規定したいってもがいてたんだろ」

蔵原は自分の顔が、ひどく強張《こわば》っている気がして、指で強く揉《も》んだ。「それにしても、大人には見えないって、あいつトトロかなんかか」

「体型なだけに？」

西河は薄く笑った。

翌日、川地が教室に入ると、全員に笑顔で迎えられた。

「お前最高すぎ」

「やばいだろあれ」

クラスの連中に囲まれ、川地は身に覚えのない、語彙力の足りない称賛を捧《ささ》げられた。

「へ？」

なにをどうしてみんなが褒めてくれるのか、さっぱりわからなかった。昨日の夜稽古が、西河の都合で急に中止になったけれど、自分の知らないところでなにかあったのか？

「ただの根暗なオナ猿だとばかり思ってたが、最高だな！　俺の描いている漫画のテーマソングにしたい」

長門は川地を見ているうちに、目を潤ませた。

「エロ漫画ばっか描いてるオナ猿はお前な。でもマジでお前すごいよ。イシハラの曲もＳＦっぽいし」

岡田が自分のことを褒めるなんて、珍しい。天変地異の前触れかもしれない。

「なんのこと？　イシハラ、曲できたの？」

川地が周囲に訊ねると、

「なーにすっとぼけてんだよ～、あの歌詞！　もうなんか、ハダカになりたい～！」

急にシャツを脱ぎだそうとする葉山を、青山が「プールの授業まで待て」と止めた。

どういうことだ？　川地はリュックをおろした。

「ところでサワもん知らない？」

川地は教室を見回した。今朝、いつもだったら世田谷線の改札で待っている沢本がいなかった。

「珍しいな、一緒じゃないの？」

高橋《たかはし》が不思議がった。

「ちょっとセンセーに、自作解説してもらおうぜ」

にやにやしながら浜田《はまだ》が、持ちこみ禁止のアイフォンを出して、曲をかけた。

「え。え、え」

ボカロの歌が流れた。初めて聴いたのに、歌詞に覚えがある、というか、これ、もしかして。

『チャート式青春』に書いてあった一節が、脳裏に浮かんだ。

『深夜に手紙を書いてはならない。好きな相手にはとくに。断言しよう、事故が起こる。』


いきなり頭に血が上り、川地は意識を失い、崩れ落ちた。


薬品の匂いがした。川地が目を開けるとそこは保健室だった。

西河がテーブルに肘をついて手を組んでいた。

「登校して即倒れるとか、自主練のしすぎじゃないのか。それか、いちおうアドバイスしておくと、センズリの限界には挑戦するな。一日に三回までにしておけ」

「いや、さっき不条理なことが」

川地が寝ていたベッドから起き上がった。教室でのことが、まったく理解できなかった。

「なにかあったか」

西河は訊ねた。いきさつはわかっていた。それを知っているとロにできなかった。

生徒たちをどう丸めこむか、いま西河は決断を迫られていた。中平に操られてたまるか。

「自分で送ったんじゃないのか?」

西河はすっとぼけた。「興奮して、勢いでイシハラに、自分で」

「なんでわざわざ人に送るんですか、え、俺、多重人格?」

「そりゃそうだよな、ないか」

とにかくあの曲をお蔵入りにしなくては。

西河は、混乱していて、問題解決の手立てが閃《ひらめ》かない。中平に逆らいたいだけなのかもしれなかった。さっき部室の四隅に、札を貼った。

「すみません」

「とりあえず、今日は早退しな」

西河は立ち上がり、川地のリュックをベッドに置いた。

「あ、サワもん、今日学校きてます?」

川地は思いだした。

「風邪で休むって、連絡があった」

西河が保健室から出ていってから、川地は一人取り残された。窓の向こうから、生徒たちの声が聞こえてきた。どこかのクラスがサッカーをやっているらしい。

保健室で聞く、生徒たちの声は、なぜだか妙に寂しくさせる。保健室の匂いは、昔を思いだすから嫌いだ。

廊下を歩いていると、花壇で理事長が花の手入れをしているのが見えた。川地はぼうっと眺めた。理事長が視線に気づいたのか、川地のほうを向いた。

川地は慌てて、小さく挨拶した。

理事長は、麦わら帽子を外して、首に巻いたタオルで汗を拭きながら近づいてきた。

「授業は？」

窓ガラスをあけ、理事長が訊《たず》ねた。

「調子が悪くて、早退します」

「そう、お大事に」

花壇のほうへ戻りかけ、立ち止まった。「きみは将来、なにになりたいの？」

「え」

「大学を卒業して、それからどうしたいの？」

「わかりません」

「すぐよ。長い人生のなかで、モラトリアムは一瞬だけ。いまのうちになにか見つけておかないと、自分を見失うことになる」

「自分のことはわからないけれど。この高校があり続けるってことで、灯台になって、ぼくらを照らしてくれることになりませんか？」

川地は言った。なんで自分はヲタ芸をしようとしているのか。自分が熱くなりたいから、学校を救いたいから、だけではないなにかに惹《ひ》きつけられた、と感じている。

あるとき灯台、という言葉が思い浮かんだ。それは学校だけでなく、家族や、友達や、面白い小説や、気になる女の子や、これまで生きてきて、いつ間違ったほうへ迷っていってもおかしくない、真っ暗闇みたいな人生を照らしてくれるもの。間違わずに歩むための、もし道がずれたとしても立ち返ることのできる、目印みたいなもの。

理事長はグラウンドのほうを見やった。生徒たちの騒ぎ声が聞こえた。ゴールが決まったらしい。

「あなた、灯台の面倒を見るつもりもないくせに、勝手ね」

「面倒って」

なにを言っているのかさっぱりわからなかった。

「この学校がそんなに好きなら、そのくらいの覚悟、あるんでしょうね」

理事長は花壇に戻っていった。

沢本の母は、ベッドで布団を被《かぶ》っている我が子を呆《あき》れた目で見ていた。

「いま、川地くんきて、お見舞いって」

ビニール袋を枕元に置いた。「明日は学校行きなさいよ」

母が出ていくと、沢本は布団から腕を伸ばし、袋の中身を取りだした。

シベリアだった。

沢本は窓をあけた。

家の前には、誰も歩いていなかった。

沢本はシベリアを食べながら、涙を流した。昔はやたらと泣いて、「安い涙だな」と川地にいつもからかわれていた。

カワちんは、あのとき、めちゃめちゃ悔しかっただろうに、ぼくの前では笑って手を振っていた。それなのにぼくは、カワちんから逃げて。

シベリアは、川地と沢本にとって、大切な味だった。


花岡《はなおか》高校の試験日、東京は大雪が降った。試験を終えると沢本は川地の家に向かった。靴下がびっしょりと濡《ぬ》れて、気持ち悪かった。

「カワちん、大丈夫ですか」

川地の母に、沢本は訊ねた。

「あのコは本当に……、風邪だから仕方ないけれど、せっかく頑張って遅くまで勉強していたのに。とことんついてないっていうか」

川地は第一志望の花岡高校に余裕で合格圏内だったのに、発熱してしまい試験を受けることができなかった。

「サワもんちゃんはどうだったの?」

川地の母が訊ねた。

「全然だめでした」

沢本は首を振った。川地が受けるというから、ハナ高を受けたのだ。川地が行かないのなら自分はべつに行きたくない。あのオシャレな制服とか、改築したばかりの新校舎だって、魅力に感じられなかった。だから沢本は、名前と受験番号以外、一文字も答案用紙に書かなかった。

「これ、お土産《みやげ》です」

沢本は途中のコンビニで買ったシベリアを渡した。

帰ろうとしたときだった。

二階の川地の部屋の窓が勢いよくあいた。

「さっさと帰れよ！　お前も風邪引くぞ！」

咳《せ》きこみながら川地が顔を覗《のぞ》かせた。

「カワちん！」

「俺さあ、明後日のイチ高、確実に受かるし、お前ちゃんと『でる順』確認しとけよ！」

「うん！」

「またお前と三年つるむのとか！　マジでダリいんだけど！」

川地が苦しそうに咳きこみながら言った。

「そんなこと言わないでよ！　カワちんいなかったら、しまむらで似合う服見つからないし！　ガストでなにを頼んだらいいかわかんないし！　それにカラオケで一緒に『ゆず』歌ってくれる人いないもん！」

川地がどれだけ大切で心配か、いくらでも挙げられるはずなのに、そんなくだらないことしか、とっさには言えなかった。

「なんだそりゃ」

川地が苦しそうに咳きこんだ。

「サワもんちゃんがお土産買ってきてくれたわよー」

川地の母が、困った顔をしながら笑って川地に声をかけた。

「どうせシベリアだろー？」

川地は嬉《うれ》しそうに言った。


そうだ、あのときだって、カワちんは、ぼくのせいで殺されかけたんだ。

あのことを絶対に思いださないように、カワちんは、ネットやＳＮＳにできるだけ触れないようにしている。ふと魔が差して、あのことを検索してしまわないように。

もうすっかりみんな忘れていた。話題にものぼらない。世の中は、悲惨な出来事や注目される事件が次々起こり、忘れられていく。でも、川地も、家族も、沢本も、忘れたように振る舞っているけれど、ずっと覚えている。

世田谷区児童誘拐殺人未遂事件
被害者　川地オサムくん（８）

当時、世田谷区では、児童が不審者に声をかけられる事件が頻発した。男に声をかけられた、手を引っ張られ連れ去られそうになった、そんな被害が学校や警察に多数届けられていた。小学校側は集団登下校の措置をとっていた。

川地と沢本も、一緒に登下校をしていた。沢本は入学して同じクラスになって以来ずっと川地にべったりだった。川地は学校に行きたがらない沢本を迎えにいき、手を繋《つな》いで登校した。

帰りも沢本と手を繋いで家まで送り届けるのが習慣となっていた。

沢本を送り届け、川地が帰ろうとしたときだった。

「カワちん、帰り道怖くないの？」

「大丈夫だって。俺みたいな貧乏くさいやつ誘拐されるわけないじゃん」

川地は鼻をほじりながら言った。

「そんなことないよ、カワちんかっこいいからきっと誘拐されるよ！」

沢本としては「貧乏くさくなんかないよ」と言いたかったのだろう。川地は「ひど！」と指についた鼻くそを弾《はじ》いた。

「放課後クラブのクリスマス会、どうする？　劇なにする？」

沢本は話を変えた。

「そんなのずっと先だろ。そもそもしないでよくね？」

「一年生のコが『ぐりとぐら』やってほしいって言ってた」

「うーん。なんかそのまんまやるのも面白くないよな」

沢本の家の前について、川地は「考えとく」と言った。

「じゃあ、また明日ね」

「おけ！」

それからしばらく、沢本は川地に会うことが叶《かな》わなかった。

川地が歌を歌いながら呑気《のんき》に歩いていると、日用品店から出てきた太った男とぶつかって尻餅をついた。

「いってえ」

川地が見上げると、太った男が虚《うつ》ろな目で、川地を見下ろしていた。見ているのに、なにも見ていない。川地は震えた。まさか……。

「あ、ごめんなさい」

男の足元にビニール袋が落ちていた。拾って渡そうとしたとき、なかにロープが入っているのが見えた。

川地が袋を渡しても、男は会釈もせず、そのままふらふらとあてもなく歩いていった。

「なんだあいつ」

川地はほっとして、太った男の背中を見送った。ああいうやつが最近噂《うわさ》の声かけ事件の犯人なんじゃないか、と目を細めた。

「きみ、大丈夫?」

川地のそばに、感じのいい笑顔を浮かべた、年上の少年が立っていた。

「あ、はい、大丈夫……」

返事をしようとしたとき、少年に頭を思い切り殴られた。そしてはがいじめにされ、口に汚れたハンカチを捻《ね》じこまれ、川地の意識は遠のいていった。

意識を失った川地を少年は引きずって、路地裏へと入っていった。

先ほど川地とぶつかった男は、背後で大変なことが起こっていることなど知らず、振り向きもしなかった。

男にはこれから、しなくてはならないことがあった。

川地を誘拐し、監禁した犯人は近所に住む十七歳の少年だった。彼は学校にも行かず、勉強部屋として家の庭に建てられたプレハブに引きこもっていた。

川地が行方《ゆくえ》不明になって二日後、少年は近所のホームセンターで肉切り包丁を買おうとしたところを、警察に声をかけられた。

少年は、人が死ぬ瞬間を見たかった。それを動画で撮りたかった、と言った。

誰でもよかった。

女の子はかわいそうだから、男だったら死んでもいい。子供はうるさいし、消えればいい、自分がこんなふうになったのは、家族が自分のことを理解してくれないからだ、学校のみんながいじめたからだ。男は汚いし、気持ち悪いし、暴力的だ。生きている価値なんてない。男は女より数が多いから、一人死んでも誰も悲しまない、と暗い顔で取り調べに答えていたという。

警察がプレハブに突入したとき、川地は虫の息だった。裸にされて縛り上げられ、身体《からだ》のあちこちに切り傷や打撲があり、骨折もしていた。

警察も顔を背けるほどのむごたらしい暴力の跡だった。背中いっぱいに何本も切り筋をつけられ、いびつな網目から流れる血は乾いていなかった。

川地はしゃべることができるようになると、女性警官にこんなことを話した。

「自分をずっとなくすようにした。

痛みを感じないようにした。

考えれば考えるほど、自分のことや家族や友達が浮かんでくる。そのたび、一つずつ頭の中で潰していった。

いま起こっていることを感じないようにした。

わかったら、痛いから。

そうしていたら、自分が真っ白な場所にいた。

もうどうでもいいやって思って、歩いていた。

遠くで声がした。

おーい、おーいって呼んでいる気がした。

懐かしいからそっちに行こうとした。

そうしたら、後ろからも声が聞こえてきた。

カワちんカワちんカワちんカワちん、って。泣き声が聞こえてきた。

振り向いたら、遠くでなにかが光っている。

たくさんの色の光が揺れていて、ぐるぐる回っていたり、やたらめったらに動いていた。

綺麗《きれい》だなって。

綺麗すぎて、なんでだか泣きたくなって吐きそうだった。

そんなの初めてだった。

サワもんは、自分がいなかったら、一人で学校のトイレにも行けないから、サワもんのところに行ってやらなきゃなって思ったとき、なにも見えなくなった」

沢本は、毎日病院に見舞いに行った。しかし、面会することができず、看護師に毎回、「これをあげてください」とシベリアを渡した。初めて川地の家に遊びに行ったときに出してもらった、川地が一番好きな菓子だった。「カステラと羊羹《ようかん》が同時に食えるんだぜ?」と川地はいつだって嬉しそうに頬張っていた。

学校では、川地が誘拐されたことは伏せられていた。「ちょっと病気でお休みしている」と教師は説明していて、沢本もなにも言わなかった。

沢本は病院へ見舞いに行く途中、そうだ、お花だ、と思いついた。お見舞いするのなら、お花も持っていったほうがいい。川地は「花なんていらねーよ」とすぐに捨ててしまうかもしれない。でも、ちょっとでも、病室の外を感じてほしい。沢本の財布には、切花を買う金はない。公園をうろつき、花を探したけれど、ない。花なんて、どこにでも咲いていると思っていたのに、いざ欲しいと思ったら、意外と見つからない。

道の先に、高校があった。

グラウンドでは生徒たちが運動している。沢本は恐る恐る、散策した。すれ違う生徒たちは、沢本を一瞥《いちべつ》しても、ちょっかいをかけてこなかった。

校舎の脇に花壇をみつけた。ごめんなさい、もらいます。急ぎ気味に折ろうとしたときだ。

「なにをしているの?」

声のほうへ振り向くと、おばあさんが沢本を見下ろしていた。

「あの、あの」

「なぜ校舎にいるの? それに、なんで花をむしっているの? お母さんはいないの?」

きつい口調で繰りだされる質問に答えることができず、沢本は「ごめんなさいごめんなさい」と肩を震わせた。

「花が欲しいの？」

「お見舞い」

「誰かにあげるの？」

沢本は頷《うなず》いた。

「あなたいくつ？」

「はち、です」

おばあさんはしゃがみこみ、ポケットからハサミを取り出し、音を立てて花を切っていった。

「これだけあればいい？」

束にしてタオルハンカチでくるみ、おばあさんが沢本に渡した。それは即席のわりにちょっとした花束だった。

「ありがとうございます」

「くださいって言えばいくらだってあげるのに。なんでこの年頃の男の子って、もっとうまくお願いできないのかしら」

おばあさんが独り言をこぼした。「お見舞いの人、元気になるといいわね」

花束を贈るのは、あなたは綺麗なものを捧《ささ》げられるのにふさわしい、大切な人だって伝えるためなのよ。

沢本が花束を持って病院へ駆けつけると、「別の病院に移った」と看護師がすまなそうに言った。

「これ、あなたがきたらあげてって」

看護師は折りたたんだコピー用紙を沢本に渡した。

サワもんへ、と鉛筆で書かれた下手《へた》くそな文字。紙を広げると、一面に、シベリアが描かれていた。その両脇に、二本足で立っているよくわからない動物が二匹、笑っている。これでは伝わらないと思ったのか、動物の横に、「ぐり」「ぐら」と小さく書かれていた。

でっかいシベリアを作って仲間みんなと食べよう、とあった。


川地は母と一緒に祖父の住む京都で療養していた。退院するとき、「サワもんちゃんにさようならを言わないでいいの？」と母が心配すると、「いい」ときっぱり答えた。

沢本はずっと泣いていたという。そして入院していた病院に毎日シベリアを届けてくれた。申し訳ない、と思った。そして心の奥底で、放っといてほしい、と思った。奥底よりもずっと奥で、会いたいな、と思っていた。

事件から二ヶ月が過ぎようとしていた。昨晩母から、「このままおじいちゃんの家で暮らしてみないか？」と提案された。「おじいちゃんはいいって言ってくれたし、お母さんも一緒に住む。お父さんは東京で働くけれど、毎週きてくれるから」

川地は頷くことも首を振ることもしなかった。折れた手足は治りかけていた。背中の傷痕は引《ひ》き攣《つ》り、かゆくてたまらない。少しずつ、自分の身体が治ろうとしている。治ってしまえば、なにもかも忘れて生きていくことなんてできるのだろうか。

ひどい夢を見て、飛び上がって起きることだってある。これからもずっとそうだろう。あのときのことを急に思いだして、震える。

もう元には戻れないし、この先も不安しかない。時間の流れに背中を押されながら、川地は踏ん張って抗《あらが》っていた。どこにも向かえない。止まることしかできなかった。

学校に通うのはしばらく先でいい、一年遅れることになるけれど、気にしちゃいけない、いまはしっかり心と身体を休ませたほうがいい、と大人は言った。

縁側でぼうっと座っていると、年の近い子供の騒ぎ声が聞こえた。自分のことを、意味なく殺そうとするような人間が、この世に存在するなんて知らない無邪気さだった。

川地はうずくまり、震えた。怖い。震えているうちに、身体が急に冷えて、胃からこみあげてくる。

「カワちん」

声がした。堪《こら》えながら見上げると、そこに沢本が立っていた。あまりの衝撃に、口からだらだらとげろが流れた。

沢本は川地の祖父の家にあがるなり、「お電話貸してください」と言って、電話をかけた。

「ママ？　ぼく。いま京都。カワちんに会えた。だから大丈夫だって。迎えにくる？　いいよ別に。これからここに住む」

川地の母が慌てて電話を代わった。

そばで聞いていた川地が呆気《あっけ》にとられていると、

「お世話になります」

と沢本は祖父に向かってお辞儀していた。

「なんで？」

川地はこの状況がまったく理解できず、訊《たず》ねた。

沢本は、川地がいま京都にいると教師が立ち話しているのを聞きつけた。これまで川地から聞いていた父親の仕事から会社を特定して乗りこみ、「カワちんにお手紙を書きたいから住所を教えてください」と父に頼んだ。「内緒にしてびっくりさせたいんで誰にも言わないでください」と約束させた。そして沢本は母親の財布にあったお札をすべて盗み、自転車にまたがって京都へ向かった。しかし海老名《えびな》で疲れ果て、サービスエリアで水を飲んでいたところ、親切なトラック運転手に声をかけられた。「大切な友達がピンチだから助けにいく」と沢本が訴えると、運転手は「途中まで連れてってやる」と助手席に乗せてくれた。

「途中でローストビーフ丼を奢《おご》ってもらって、静岡で餃子《ぎょうざ》とやきそばを食べた。名古屋まで連れていってもらったんだけど、ひつまぶしも一緒に食べた」

沢本は夕飯に出されたカレーライスを頬張りながら、話した。

「なんか、いろんなもん食ってるな」

川地は聞いて呆《あき》れた。とんでもない行動なのに、沢本の口振りでは津々浦々をグルメ行脚してきたようにしか思えない。

「サワもんちゃん、明日お母さんが迎えにくるって。黙ってきちゃだめよ。そもそも一人で遠くまで。それに今回は良かったけれどなにか事故が起きたら」

電話を終えた川地の母が、困った顔をして沢本を窘《たしな》めた。

「だって、カワちんに会いたかったんだもん」

沢本は悪びれずに答えた。「あと名古屋から乗せてくれたお姉さんと長浜《ながはま》でラーメン食べた。おいしかったよ」

ナップサックを漁《あさ》り、沢本はぼろぼろになったシベリアを出した。

「カワちんにおみやげ」

川地は受け取って、しばらくじっと見た。

「シベリアなんて、ここでも売ってるし」

なんだよ、こいつ、俺よりよっぽど勇気があるじゃないか。お前、体育やりたくないって授業の前はいつも暗いくせに、体育なんかよりよっぽどきついことしてるじゃん。川地は嬉《うれ》しさと情けなさに、身体のなかをかき乱された。

その夜、二人は布団を並べて寝た。

「カワちんはぼくの神さまなんだ」

沢本が突然、暗闇のなかで話しだした。

「はあ?」

「入学したばかりのとき、休憩時間におトイレ行けなくって、おしっこ漏らしちゃって、みんながからかって、ぼくはもう死にたくて死にたくて、もう学校なんて絶対に行かない、このまま家まで帰ろうって思ってたの。そうしたらカワちんが、トイレまで連れていってくれて、濡《ぬ》れたズボンを脱がして拭いてくれて。汚いよ、って言ったら」

「なんか言ったっけ」

川地はまったく覚えていなかった。

「うんことかゲロとかより全然ましだし、むしろ普通じゃん、俺もこっそりチビってるときあるから、ごまかし方教えてやるよ、って」

「覚えてない」

「ぼくが覚えているから。いつだって教えてあげる。カワちゃんが仮面ライダーとかルフィとかとおんなじくらいすごい人なんだってこと」

川地は嗚咽《おえつ》した。沢本は黙っていた。

「シベリアありがとう」

「カワちん、早く東京に戻ってきてよ、さびしいよ。『ぐりとぐら』やろうね。カステラができると思っていたらシベリアって、みんなびっくりするよ」

二人はお互いのほうに顔を向けた。暗くて見えなかったけれど、困ったように笑い合った。

あしたのために　その7

早退した日、すぐに帰る気にもなれず、川地《かわち》は三軒茶屋《さんげんぢゃや》の書店でずっと立ち読みしていた。

声をかけられて本から目を離すと、芦川《あしがわ》が立っており、本の表紙を覗《のぞ》きこんだ。

「なに読んでるの？」

「『悲しみよこんにちは』？」

「はい」

まるで自分の手柄のように誇らしげに頷いた。

「わたしも好き」

芦川が言った。

「そうなんですか！」

「うん、感想教えて」

「はい！」

なんて偶然だろう。川地は嬉しくなって、買うのを迷っていたが、レジに持っていくことにした。

「これ、映画にもなって。渋谷の映画館で上映しているみたいだから行こうかなって思ってたの」

「そうなんですか」

「今週やってて」

芦川がスマホで検索しだした。スマホを持っていたら、ライン交換したりして、読んだ感想を伝え合ったりできるのになあ、と思った。

「あ、あと一時間後だ」

芦川が言った。

「だったら……一緒に行きませんか」

川地は勢いで、誘った。

間ができた。

あ、また失敗したかもしれない。

恐れ多い提案をしてしまった。どうやって言い訳してごまかすべきか、川地は言葉を探し、あたふたした。

「うん、行きたいね」

おこがましいことをぬかしました、ごめんなさい、と謝ろうとしたとき、芦川が先に答えた。

「え?」

「一人で行くより、一緒に観《み》て感想とか話したい。でも、読む前に映画観ちゃっていいの?」

「はい、行きましょう。ええと、空気感とか、映像で感じるのもイメージ広がりますよね!」

と川地は即答した。

「わたし、周りに本読む友達いないから、嬉しい」

芦川が言った。


まるでこれは夢じゃないのか。二人で渋谷に向かっている。

芦川と一緒に、映画が始まるまでのあいだの時間潰しにと、途中にあった雑貨店を覗いた。

「見てください、ちいかわですよ！」

川地は舞い上がってしまい、まるで子供のようにはしゃいで、目に見えるものを芦川にいちいち紹介していた。

「かわいいよねえ」

「芦川さんはどれが好きですか？」

ストラップ付きのぬいぐるみを手にして、川地は訊ねた。

「わたしは、ハチワレかなあ」

「ああ、サワもんも好きです」

「もしかして、沢本《さわもと》くん？」

急に芦川の表情が沈んで、川地は動揺した。

「サワもん、なにかしましたか？」

川地は訊ねた。

「実は、今日、沢本くんと待ち合わせをしていたんだけど」

「えっ」

どういうことだ？

「わたし遅れちゃって、着いたときには待ち合わせ場所にいなかったの。ほら、沢本くんってスマホ持ってないでしょう」

持っていたら、連絡先交換していたってことか？　川地は持っていたマスコットに力をこめた。そのとき、不愉快な声が聞こえた。


いたいよお！


「は？」

マスコットから声が聞こえた気がした。

「どうしたの？」

「いや、すみません、なんでもないです。でも、サワもん今日学校休んでいたから、大丈夫ですよ」

「そうなんだ。お大事にって、伝えておいて」

「はい！」

ほっとする芦川に、もやもやした。絶対に明日、サワもんを追及しなくてはならない。あいつはなにか裏で変なことを企《たくら》んでいるのかもしれない。朝に教室で聴いた歌詞だって、もしや。

芦川が店の奥に入っていったとき、これ、買ってプレゼントしようかな、と川地は大それたことを考えた。

急にただの知り合いからプレゼントされたら重いよなあ。

お金があるならフルーツ・オレ奢ってくれよ〜。

耳元で囁《ささや》かれた気がして、川地はマスコットを落とした。

「まだ買ってないいんだから大切に扱えよ〜！」

そう言って、マスコットを拾ったのは。

「中平《なかひら》さん？」

「驚かせてごめんね」

川地にマスコットを渡して、中平は笑った。いつもと雰囲気が違った。影が、というより存在が薄く、どこか弱々しい。

「え、え？　なんでこんなところに」

「渋谷くらい、ぼくだってくる。ただ、これまで気合でなんとかやってきたけれど、限界が近いみたいだから、きみに挨拶しておこうかなってね」

「なんの話ですか？　限界？」

「気にしないでくれ」

さっぱり意味がわからなかった。声は、中平から聞こえてこない。頭の奥から響いてくる。

どういうことだ？

中平の輪郭が次第にぼやけてくる。

川地は頭を叩《たた》いた。

「川地くんどうしたの？」

芦川がやってきた。

「いえ、あの」

中平のほうを向いて、紹介しようとしたら、消えていた。「なんでもないです、行きましょう」


買わないでいいの？


また頭の奥から声が響いた。

「……ちょっと待っていてもらっていいですか」

マスコットを掴《つか》んで川地は店の奥に入っていった。

自分は、悪い病気にかかってしまったのかもしれない。こんなこと、ありえない。

会計していると、

「最後に一つだけ」

と声がした。「きみは立派だ」

「中平さん、どこにいるんですか」

すぐそばで聞こえたのに、あんなに目立つ人が、見えない。

「踊りの秘訣《ひけつ》は、捧《ささ》げること。生きていることを祝福すること、それだけだから」

「祝福?」

なにを急に。これまでまったくアドバイスなんてしなかったくせに。それに抽象的すぎてわからないよ。川地は口をぱくつかせることしかできなかった。

「もう一つ。西河《にしかわ》に伝えておいてほしいんだ」

「なんですか」

川地はぞくっとした。会計をした店員が、川地のことを気味悪そうに見た。

「お前はよくやってる、本当に、頑張ってる。それだけ伝えといて。バイバイ」

気配が失《う》せた。

川地は芦川のもとに戻った。

「すみません」

「なにかあった?」

「え」

「なんだか、おばけでも見たみたいな顔してるよ。疲れた?」


映画を観ているあいだ、川地はうわの空だった。隣に芦川はいるし、さっきの不思議な出来事が気に掛かり、まったく集中できなかかった。

「今日はありがとうね」

三軒茶屋に戻ったとき、芦川はすまなそうに言った。川地が映画観る直前から急に、口数が減ったのを気にしていた。

「いえ、とんでもないです！」

川地はぶんぶんと首を振った。なんとなくお互い黙ってしまった。

世田谷《せたがや》線の改札前で、二人は立ち話をした。

「わたしね、なんにもなさすぎて。いつも困ってる」

芦川が夜空を見上げた。

まだ若い夜で、星は見えなかった。

「両親が離婚していて父親と暮らしている兄貴がいるんだけど、なんていうか、あの人、派手なの。とにかく、派手なの」

派手、と言われても、川地にはイメージがつかなかった。派手な格好が好きってことか？

「とにかくあいつの妹だって身バレするのが本当に嫌で、ずっと極力知らないふりしていたら、なんだか人ともあんまりうまくしゃべれなくなっちゃって。男子とこんな話できるの、川地くんだけ」

もちろんそんな言葉は、さほどなにも考えずに口にしただけのものだったが、川地はときめいた。自分が特別になったみたいだった。

「光栄です」

川地は胸いっぱいだった。「もしよかったら……」

これからも映画とか誘っても、と言おうとしたときだった。

「カワちゃん！」

大きな声で呼ばれ、沢本が駆け寄ってきた。

「風邪引いているんだろ、大丈夫か」

もちろん心配してはいたが、いい雰囲気を壊されたような気がして、ちょっとうとましかった。

「ごめん嘘《うそ》ついたの。ぼくが全部悪いの」

「嘘？　よくわかんないし」

「川地くん、お土産《みやげ》」

芦川が目配せした。「さっき買ってあげたでしょ」

「いや、これは」

あなたに帰りがけに渡そうと、と言える状況ではない。仕方なしに、川地は沢本にマスコットを渡した。

「ええっ、こんなぼくのために、ハチワレ……いい人すぎるでしょ……。ハチワレってカワちんに似ているから、好きなんだ……、これ、カワちんだと思って大切にするね」

「それはそれでやめてくれ」

まさかこいつ、自分のことを「なんかちいさくてかわいいやつ」だと勘違いしていないだろうな。川地は泣きべその沢本を撫《な》でた。

芦川はその様子を見て、なぜか頷《うなず》いている。

「俺を探してたの？」

川地が訊《たず》ねると、

「今日……芦川さんとここで待ち合わせしてたの。でもぼくが待ち合わせに行けなくて……。

「ごめんなさい」沢本は芦川に謝った。「練習を見にきてもらおうと思って」

「なんで？」

わけがわからず川地は訊ねた。

「ちょっと区民集会所まで一緒にきてもらっていいですか」

沢本は芦川に言った。

「いいけど……」

芦川は不思議そうにしていた。

「サワもん、なに企んでいるんだ？」

川地は沢本を睨《にら》んだ。

「もう当初の目的とは方向が変わったから。絶対に変なことはしないから」

沢本は拝んだ。「協力してほしいんです！」

集会所に入ると、

「ちょっと待ってて」

と沢本が先に部屋に入っていった。

なかでなにやら話し合っているらしい。

「なにをしようとしてるんだよ」

川地は言った。芦川に、ヲタ芸の練習を見せる？　なんでまた。

「おっけーです」

ドアが開いて沢本が顔を覗《のぞ》かせた。

入るとメンバー全員が奥の壁際に整列して立っていた。ドアのそばで、西河が顔をしかめ、腕を組んでいた。

「初めまして芦川アカリさん！　お時間いただいてすみません！　ぼくらのパフォーマンスを観《み》ていただき、感想をもらいたいとお呼び立てしました、よろしくおねがいします！」

津川《つがわ》が代表して挨拶して、続いてみんながお辞儀をした。全員どこか緊張していた。

「川地、お前センターな」

小林《こばやし》が言った。

「なんで、俺聞いてないよ」

川地は目の前のクラスメートと隣の芦川を交互に見た。

「練習していたあの曲、披露しよう」

沢本が川地を押して、列の中心に連れていった。そしてペンライトを握らせた。

「えっ、あれやるの？」

「振りわかってるよな。緊張すんなよ」

小林が肩を叩いた。

「うん」

川地はちらりと芦川を見た。楽しそうに手を振ってくれたので、振り返した。

「ガチだからな」

津川が言った。

「……始めましょう」

石原《いしはら》が持っていたスマホをいじり、音楽が部屋の両脇に置かれたスピーカーから流れだした。

芦川の前でいきなり、なんの準備もせずに踊るなんて、と思いながらも、いいところを見せよう、と思ったときだ。

女性ボーカルの声が、違った。緊張しているのか、少々うわずっており、それが生々しく、素人《しろうと》くさかった。

「これって」

川地はさっぱりわからずに横の小林を見ようとしたとき、

「やめて！」

芦川が突然叫んだ。青ざめた表情をして、頭を抱えている。

「え、どうしたんですか？」

川地が振りを止めた。

「カワちん、止めないで！　芦川さん、見て！」

沢本が叫んだ。

その甘ったるい歌声は、どこかで聴いたことがあるような、ないような。いや、これまで後列でみんなの動きを見てきた。いつもみんなの背中を見ていたのに、今日は目の前に誰もいない。見えるのは、うなだれ気味の芦川だけだ。芦川はおでこに手を当てて、踊っているのを見ようとしない。心配だ。いったいなにが起きているんだ。一度止めようとしたとき、

「お前の本気もここまでかよ」

横にいた小林が言った。

「見損なわせるなよ」

反対側から渡《わたり》が言った。

そうだ、いま自分は、センターなんだ。あのときみたいな失敗はしない。負けてたまるかと
川地はペンライトを掲げた。

捧げること、祝福すること……。どうしたらできるのか、わからないまま、打った。

芦川が顔をあげた。


曲が終わっても、芦川の顔は強張《こわば》ったままだった。

「芦川さん、大丈夫ですか」

川地が駆け寄った。

「ごめんなさい。芦川さんが中学生のときに、動画サイトにアップした『現役JCが「紅蓮《ぐれん》華《げ》」ガチで歌ってみた』で踊りました」

沢本が言った。

「どういうこと?」

川地は沢本と芦川を交互に見た。芦川は顔を手で覆い、震えだした。

「芦川さんが熱唱しているあいみょんの『マリーゴールド』も聴きました」

「なんで知ってんの!」

芦川が顔あげて叫んだ。その形相は、いつもの涼しげでもはかなげなものとも違い、川地は

びっくりした。

「めちゃググったら、見つけちゃいました」

沢本が言った。「でも悪意とかではないです、ほんとに。中平さんが、オリジナル曲にこの声がどうしても欲しいって。で、こっそり練習して、芦川さんに見てもらったら説得できるかもって」

高橋《たかはし》が付け加え、

「あ、中平さんってのはぼくらの先輩なんですけど」

「ニートの」

津川が鼻で笑った。

石原が言った。

「……再生回数は振るわなかったみたいですが、バズりには戦略だけでなく、運にも左右されます。いまはもう歌ってらっしゃらないみたいですが、素敵な声なので、諦めないでください」

「なに、イシハラ、突然バズりとか戦略とか言いだしてんの？」

山内《やまうち》が笑った。

「……芦川アカリさん、あなたをSFが初めてプロデュースする歌い手として迎えさせてください」

「SF？　なに言ってんの？」

和田《わだ》が信じられずに顔をしかめた。

「そうだよ、イシハラはSFさんで、学校にきてないあいだ、ずっと曲を作ってたの」

沢本が代わりに答えた。

その言葉に、全員が口をあけて固まった。言葉が出ない。

「歌姫誕生じゃん」

浜田《はまだ》が興奮して手を叩《たた》いた。

芦川の歌で自分たちがヲタ芸するってことか？　川地は起こっている事態にびっくりしすぎて、くらくらした。

「……ぼくは先日、高校の校歌の歌詞を見ました。古臭くって、理想しかないものでした。でも、ぼくらがその歌を、現代風に塗り替えてみたらどうだろう、と考えました。みんなの高校の思い出、楽しいことも嫌なこともまるごと付け加えてみたらどうだろうって」

石原は言った。

「みんなで歌詞を作るの？」

川地はそのアイデアに驚いて、クラスメートを見回した。男たちが頷く。

「……カワちんさんが意外と文才があるということも発覚しましたし、みんなの記憶をコラージュしてください」咳払《せきばら》いをして石原は続けた。「あの手紙も組みこんでくれてもいいですよ」

川地は思わず芦川を見た。

「わたしが歌って兄貴に勝てるの？」

芦川が訝《いぶか》しげに訊ねた。

「兄貴？　ってどちらさまですか？」

川地は訊ねた。芦川の兄貴も大会に出るってことか。

「兄貴っていっても、学年は同じで、恥ずかしいから内緒にしてほしいんだけれど、花岡《はなおか》高校の宝田《たからだ》ハヤト」

川地は言葉を失った。

ということは……俺は勘違いして、芦川さんの兄上さまに、喧嘩《けんか》を売った？

「確実に、優勝の可能性はあがるって、中平さんが」

沢本が言った。

「根拠は？」

「芦川さんの歌でカワちんがセンターとして覚醒しさえすれば、可能性は爆上がりするって」

そもそもは、川地のラブレターを歌わせるつもりだったけれど、さすがに沢本は言えなかった。

「なんでわたしが歌うと川地くんが覚醒するの？」

芦川の質問に重ねて、

「このようなことを踏まえて、やってもらえませんか」

渡が言った。

「やります」

芦川も言葉を被《かぶ》せた。

全員がおお〜！　と感嘆の声をあげた。

そのやりとりを聞いていた西河は、まだ納得がいかなかった。中平の計画の一部は阻むことができたものの、結局自分はなにもできなかった。川地をセンターにすることも、自分の目からすると危うかった。しかし、川地を中心に据えることを生徒たち全員が求めている。西河は、彼らに委ねようと、密《ひそ》かに決めた。中平や俺が決めたんじゃない、あいつらが決めたんだ。

「よかったな！　好きなコの歌で踊れるなんて、最高だろ、さっさとセンターに戻ってこい」

小林に景気良く肩を叩かれ、川地はむせて咳きこんだ。

「え、川地くん？」

いま、しれっと暴露されてしまった。

「これってみんな知ってる、共通認識だよな？」

小林はあたりを見回した。凶暴な天然、一番始末が悪い。

「ええとですね、それはですね」

川地は挙動不審となり、ぶるぶると震えた。なにを口にするのか、全員が注目していて、いたたまれない。

「川地、もう言えよ」

小林は自分の失態に気づき、ごまかすように言った。

「みんな、後ろ向こう」

葉山《はやま》が声をかけ、男たちが川地たちに背を向けた。「先生も！」

西河も無言で従った。

「俺たちいないもんと思ってくれていいぞ～。全員耳塞ごうぜ」

青山《あおやま》が耳に手を当て、全員が従った。

「なに言ってんだよ！」

「川地くん?」

芦川が不安そうに名前を呼んだ。

川地は芦川を前に、喉がからからになりながら、言った。

「あのですね、本当に同情とかなしでいいんで」

「はい」

「卒業したらアイフォン買うんで、そのときはライン交換させてもらえませんか」

川地は芦川の目を見て、言った。

「……え?」

沢本が思わず声をあげた。

「なに言ってんだ?」

みながざわつきだした。

「カワちんにとっての最大限のやつ……」

沢本が祈った。とりあえず、川地が幸せなら、オッケーです、と。

「もちろん。インスタもする? 相互しよ」

芦川が笑った。

やった! 川地がクラスで初めておな中おな塾以外で女子のラインゲットした!

男たちがガッツポーズをして、振り向き雄叫《おたけ》びをあげた。

「改めて、よろしくお願いします」

芦川が顔を赤らめ恥ずかしそうに挨拶して、照れながら微笑《ほほえ》んだときだ。

全員つばを飲みこんだ。そして、急にもじもじしだした。
（綺麗《きれい》だ）
（川地にはもったいなさすぎる！）
（姫！）
（沢本め、なにが、ちょっとかわいいくらい、のよくいるタイプだ）
（女神だろ）
（きみに、決めた〜っ！）
その場にいた男たちは、芦川に恋し、「みんなの」姫となった。

あしたのために　その8

大会前夜、公園の噴水前で、小林《こばやし》は一人、最後の自主練をしていた。さっさと寝ておきたいのに、眠ることができなかった。

その姿を、同じく眠れずにランニングをしていた渡《わたり》が見つけた。

「なにやってんだよ」

「俺のシマ荒らすんじゃねえよ」

「公園自分のものにすんなよ」

「明日早いんだからさっさとクソして寝ろ」

「お前もな」

「足手まといになるんじゃねえぞ」

「いまからローソン行くけど、パピコ半分やろうか」

「……全部よこせよ」

駅前のベンチに、青山《あおやま》と葉山《はやま》が座りこんでいた。

「ここ、前にドラマの撮影やってたよな」

「あー、めちゃ女の子たまってたね～」

「もうすっかり、いつもの駅な」

「みんなすぐ忘れるんだよな～」

「流行《りゅうこう》って通り過ぎるもんだから。永遠なんてこの世にねえな」

「寂しいもんだね～」

「明日が終わったら、俺らもいち段落か」

「ですよ、気楽に行こうぜ～」


スーパーでは、岡田《おかだ》と長門《ながと》がお菓子を選んでいた。

「そんなおやつとか、現地で買えばいいじゃん」

「当日忙しくて買えないかもしれないだろ」

「アルフォートにソフトサラダ……お前のチョイスってなんかお母さんっぽくね」

「お母さんが選ぶものに間違いないだろ」

「否定はしませんけどね」

「なんか足りない気がする」

「川地《かわち》用のシベリアじゃね？」

「全員分、買っとくか」


神社では赤木《あかぎ》と津川《つがわ》が祈っていた。

「もう一回祈っておこうかな」

「願って優勝できたら楽すぎて草だろ」

「じゃあやっぱやめとこ」

「じゃあ俺、お賽銭《さいせん》課金しとくわ」

「俺も入れる」

「神さまに届くかねえ、俺らの熱い想《おも》いが」

「祈るってのは、神さま越しに、自分に誓いを立てるってことなんだって思った」

「その考え、悪くないじゃん」


ファミレスでは軽音楽部の四人がドリンクバーでねばっていた。

「ヤマまだ帰んないの？」

「もう帰ろうよ」

「明日早いしさ」

「だって帰って寝てたらもう本番だぞ」

「いいじゃん別にさ、むしろ早く本番になんないかな」

「ワッち強気」

「明日推しと話せるかもしんないし。ニキビ治しておきたかった」

「俺も美容院行きたかった」

「あー、明日にならなきゃいいのに」

「ずっと本番前日ってきつすぎだろ」

「でも終わったらもうみんな」


コンビニから出た宍戸《しど》と二谷《にたに》がジュースを飲んでいた。

「明日で終わりって考えたら、謎に寂しくなってきた」

「俺も」

「ソロの振りさ、やっぱどうしても自分のなかでハマんないんだよ」

「明日確認すりゃいいじゃん」

「眠れねーし」

「まあいいや、そこの空いてるとこでやってみろよ」

「やるぞ」

「ねーみー」

「ちゃんと見ろよ」

「お前は大丈夫だよ、俺を信じろ」


図書館の脇で、高橋《たかはし》がマサコと初めてキスをした。

「なんか照れちゃうな」

「なんかキスとかってもうちょっとなんかドラマっぽいものかと思ってたけど、普通だね」

「ごめん」

「ううん、そういうほうがいいよ。ドラマっぽいの嫌いだもん」

「そうなんだ」

「明日本番だね」

「うん」

「終わったら、プール行こうね」


ドラッグストアで三橋《みつはし》がメイに声をかけた。

「偶然を装ってストーカーしないで」

「そんなことしてないよ！」

「明日、本番でしょ。こんなとこにいていいの？」

「だって、なんか、歩いていないと気持ちが」

「ふーん、繊細なのね」

「明日、観《み》にくるよね」

「宝田《たからだ》くんをね」

「そうか」

「ついでに、楽しみにしとく」

交差点では、浜田《はまだ》が妹のサユリと信号を待っていた。

「お兄ちゃん、塾の迎えとかいらないから」

「夜道を一人なんて、危ないだろ」

「いつまでわたし、子供扱いなの」

「コバやんと付き合わせてやるまで」

「小林くんはもういいって、それに彼氏いるってば」

「俺はあんなの、認めないぞ、赤髪なんて」

「いまはハマってる漫画を意識して、ピンクになってる。アーニャ?」

「余計無理!」


石原《いしはら》は幼い頃に暮らした、祖母の家へやってきた。

「……ルリルリ、お話があります」

「入りなさい」

「……ルリルリが前言撤回するまで、入りません」

「ヤスユキさん、あなたはなにか誤解してるみたいよ。あの学校はすでに役目を果たした。若者の精神性の低下によってね。これ以上の維持は無意味」

「……そうでしょうか。今の若者は昔の若者と比べても、なにも変わってはいません。誠実で危なっかしいけれど、純粋です」

「そんな偏った統計に意味はない。私の肌感覚では」

「……だったら明日、見にきてください。理事長の横暴を止めようと、立ち上がった二十人です。ぼくも、含まれてます」

石原はチケットを理事長に渡した。「それに……絶対に、聴いてほしい歌ができました」


川地家では川地と沢本《さわもと》が寝転がって各々別のことをしていた。

「ぼくら、順番って、やばいやつかな」

沢本は右肩をさすりながら順番表を眺めていた。

くじ引きの結果、川地たちはトリだった。その前に、本当の目玉、宝田のパフォーマンスがある。

「西河《にしかわ》は俺たちを結果発表前のおまけ扱いにしているってキレてたけど、俺たちの運だよ」

川地はルーズリーフにこれまであったことを書いていた。『チャート式青春』に追加するかはまだ決めていなかった。「まあ俺たちがあいつより良けりゃいいだけだし」

「本気で言ってる?」

「もちろん」

「だったらいいけど」

川地はセンターに選ばれた。西河は、「みんなで決めたのなら、それでいこう」と言った。

「サワもん、さっさと帰れよ」

「今日泊まっていくもん」

「ええ」

「家帰ったって眠れないもん」

「まあいいけど」

「中平《なかひら》さんから伝言を預かってる」

沢本が真面目《まじめ》な顔をして言った。

「伝言？」

川地はびっくりして起き上がった。「どこかで会ったの？」

「ううん。中平さんがいなくなる前。芦川《あしがわ》さんに歌ってもらえって言ったとき。本番前日に、カワちんに伝えろって。『チャート式青春』のカバーのポケットに手紙が入っているって」

確認してみると、折り畳まれたルーズリーフが入っていた。


「卒業式にこれを書いている。

『チャート式青春』を開く学生は、この先いるのだろうか。なにかの気の迷いで開いた人、そしてこの紙を見つけた人がいたなら、速やかに焼却炉で燃やしてほしい。ここに書かれていることは、なんの役にも立たない。べつに後輩たちになにか伝えたいなんて、書いてきたやつらだって思っていないだろう。こんなもの、ただ書きたいから書き散らしただけ、偉そうに知ったかぶっているだけのしろものだ。人生の参考書なんて、そもそも誰が書けるんだろう。

ぼくは怖い。卒業してしまうのが怖い。この学校からずっと出たかったのに、いざ追いだされるときには、こんなにも辛《つら》い気持ちになるなんて思わなかった。これまで生きてきて、終わることにも始まることにも、たいした感慨なんて起きなかった。この学校で過ごしたバカバカしい毎日が、いつも死ぬことばかり考えていた自分を食い止めてくれていた。だからもし、いま読んでいる『チャート式青春』に頼るくらいに悩んでいるのなら、こんなものを読まず、そばにいる友達と楽しく過ごしたほうがいい。もし友達に話すことができなかったら、そんなやついなかったら、自分を偉いやつだと自分を勘違いさせて、ルーズリーフに好き勝手に書いてみたらいい。克服した「つもり」で、そのままバインダーを閉じたらいい。

書くことで、気持ちが落ち着いたり整理できるかもしれない。

『チャート式青春』は、読むためにあるんじゃない。書くためにある。誰も読んでくれなくても、読んでくれないからこそ、自由に書いてほしい。

自分はできそこないで、ちゃんと生きられる自信がない。もしみんながいなかったら、こんなものを書く前に、どうにかなってしまっていたと思う。

みんなありがとう。とくに西河、蔵原《くらはら》。三悪と呼ばれて、ずっと楽しかった。

もしこれがあいつらに読まれたら、めちゃくちゃ恥ずかしいな。全部嘘《うそ》、ぼくがしんみりするわけないだろ？

ありがとうってところで、あいつらが泣いたらマジでウケる。ぼく、やっぱ作家になろうかな。人を泣かせて金を稼ぐとか、最高じゃないか？　まだ見ぬ文芸部の後輩諸君。

中平イチゾウ」

大会当日。控室に集まった面々は、川地の提案に言葉を失った。

「それは全員一致で恥ずいからやめようって」

津川が嫌な顔をした。

「中平さんが適当に言ってるって思ってたけど、わかったんだ。全部かなぐり捨てろってことだった」

川地は本番用の新品の体操着を脱いで背中を見せた。暴力の痕跡が生々しく残っていた。

「カワちん」

沢本も、ちゃんと見たのは初めてだった。傷痕はもりあがり、肉の色をしていた。

幼い頃、見ず知らずの人間に生きることを否定され、身勝手につけられた烙印《らくいん》だった。

全員が、息を呑《の》んだのは泣きそうになったからだ。自分が泣いたって、どうにもならないのに、泣きそうになるのはなんなのだろうか。

こんなの、なにもかもが間違っている。絶対に許せない。

「大丈夫、なにもないだろ?」

川地は言った。

「おい、マジックないか」

小林が言った。

「コバやん」

「重ねちまえばいいんだ」

川地の背中に文字を書きだした。小林は、『緊褌《きんこん》一番』と、そして自分の名前を書いた。

「俺も書く」

渡が小林からペンを奪った。

そして、皆がそれぞれに好きな四字熟語を川地の背中に書いた。

川地はくすぐったかった。みんなが、自分の過去を塗り替えてくれる、と思った。

「ぼくの書く場所がない！」

沢本があいている背中の端に、書いた。

「サワもん、俺のも書いておいてよ」

「なんて」

「前途洋々」

川地はにやりと笑った。この大会が終わったあとで、笑っているか泣いているかわからない。どっちもありえるし、どっちであっても、自分は生きていく。それだけは決まっている。

「絶対に全体をブレさせない。お前の動きについていく。だから、お前は好きに踊っていいぞ」

小林が言い、渡が頷《うなず》いた。

西河がそのやりとりを見て、鼻をすすったときだ。

「あっ」

沢本が気づいた。

西河の背後に忍び足で近づく男がいた。

中平だった。唇に指を当て、しーっ、とみなに目配せした。

そして、思い切り、西河をどついた。

「え？」

西河が勢いよく頭から倒れた。

その姿を見て、中平はほくそ笑んだ。

「お前はお前で、なんとか頑張れ、おっさん！　おっさんになってからの人生が、本番なんだから！」

中平はみんなに手を振って、控室から出ていった。それが中平の姿を見た最後だった。

「いってえ」

西河が起き上がった。「誰だ！」

「先生。自分で勝手に転んだんだよ」

「夏バテしてんじゃない？」

「それか、デブの天使が通り過ぎたのかもね」

それぞれが適当なことを言ってすっとぼけた。

「そうだ先生、これあげる」

川地は折り畳んだルーズリーフを渡した。

「なんだこれ」

開こうとする西河を、川地は止めた。

「終わってから読んで。それと、先生に最新の伝言を預かっているの忘れてた——。終わったら伝えるよ」


宝田の舞台をみんなが袖で眺めていた。

手拍子の音もこれまでの出演者のステージの倍、聞こえてくる。会場のほとんどが、宝田のファンだったのではないかと思えるほどだ。いや、ファンにしたのかもしれない。

「すげえな」

「むかつくけど、うん」

みんなが呆然《ぼうぜん》としてた。宝田は気に食わない。しかし、宝田自身はストイックにパフォーマンスをしている。稽古以上のものを本番で出すためには、真剣に取り組み続け、最高の状態まで上りつめなければ、その先へは至れない。つまり、彼は調子のいい姿を見せる陰で、厳しい練習をこなしてきたのだ。

川地は遠くで、音だけを聞いていた。

大きな拍手が起こり、川地は舞台袖に向かった。

宝田がやってきた。晴々とした顔をしていた。肩で息をして歩いてくる宝田に、男たちは道をあけた。

川地を見つけ、宝田はにやりと笑った。

川地も笑い返し、

「おつかれさま」

と声をかけた。

宝田は、頷いた。

「楽しみにしてるよ」

「会場あっためてくれて、ありがと」

「優勝発表までのチルタイム、頑張ってね」

二人は別々の方向に歩いていった。

午後六時、まだまだ夕陽《ゆうひ》は燃え尽きようとしない。

奇跡が起きた。急に雨雲があたりを覆いだした。そして小雨が降り始め、真っ暗になった。雨足が次第に強くなる。

誰もが次の演目など気にしてはいられなかった。もう観《み》るべきものもないと一部の観客が、退散しようかと騒ぎだしたそのとき、ステージに四十個の光が灯《とも》った。

観客はそれからの十五分間、濡《ぬ》れることなど気にもせず、ただステージを凝視した。

世界が彼らを祝福しているようだった。それはきっと、彼らが世界を祝福しようと踊ったからだった。

高校生二十人が自分を超えて、世界の流れを少しだけ、きっと変えた。

祝福

杉山《すぎやま》コウタはかっと目を見開いた。

まるで客席は広大な夜の海のようだ。ゆらゆらと揺れていて、近寄ったら呑みこまれそうだ。

大勢の前でパフォーマンスをする。これまでやってきたステージとは違った。

観客から強烈なエネルギーを受けた。

振りを完璧に揃《そろ》えた俺たちに、みんなびっくりしているだろう。

雨のおかげで、足元があぶなっかしい。

自分は一番後方の端だ。

フォーメーションが決まったとき、不満だった。しかしいまはそんなことはない。

俺と、反対にいる木下《きのした》が、この群舞の最も重要な役目を担っているのだ。

自分たちがやろうとしていることは、個人プレイじゃない。

俺たち二十人が、完璧な、動きをすることに仰天しろ！

足を大きく広げて踏ん張って、腰を使って大きく振り回す、ＯＡＤ！

木下トモヒロは遠くの杉山のことを思った。

あいつ、ちゃんと揃えているだろうな?

推しのいるグループのコンサートに参戦したとき、まず推しの立ち位置を探す。そして推しの動きに凝視する。

しかしそのうち、全体の素晴らしさに目を凝らすことになる。

その動き、そしてその振り付けに。

うまい者もいれば下手《へた》な者もいる。個性を示そうと、踊りをアレンジするコもいる。

だが、らしさや個性をアピールするよりも強烈なインパクトを与える者に釘付《くぎづ》けになる。

それは、精度を高め続け、正確な動きをするコだ。

俺は、それを目指す。

クラスで自分は一番格好悪い。肌だって汚い。

でも、俺は職人として輝いてやる!

基本技を散々練習してきた。

ロマンス警報発動!

手先から足先まで一直線に伸ばし、反動を使いすぎて勢いに任せてかまさないこと!

岡田《おかだ》タカシは気づいた。

なんだろう。

これまでもずっとやってきたことをこなす。

とても冷静だ。振りはもう身体《からだ》に叩《たた》きこまれている。

だからいま、どこか自分の頭の上から眺めているような錯覚に陥っているのか？

違う。

こんなテンション初めてだ。

いままで演劇部の公演のときも、ずっとドキドキしていた。

間違ったらどうしよう。

台詞《せりふ》が飛んだらどうしよう。

いつでも入念に準備してきた。でも、これまでの準備なんて、ありゃなんの意味もない気休めみたいなものだった。

舞台の上で、楽しみ、生きる。

そうか、大学デビューの準備なんて、必要なかったのかもしれない。

空気を切り裂くように、右、左、右、左、右、左！


長門《ながと》レンは動揺していた。

大ステージでのパフォーマンスに超ビビってた。

逃げだしたい、と思っていた。そもそも俺、美術部だし、運動部の連中と一緒なんて、足手まといになったらどうしようって。

でも、曲が始まり、動き出した途端、そんな気持ち、吹っ飛んだ。

俺たちの持ち時間は十五分。

この、あっという間に終わってしまう時間が永遠に続いたらいいのに。

遠くでセンターの川地《かわち》が踊っている。

川地のブレを、自分たちは絶対に見逃さない。

少しでもずれたら、あくまで俺たちがフォローする、つもりだった。

川地はまったくずれることもなく踊っている。

なんだ?

川地の背中、こんなにでかかったっけ?

精一杯遠くまで回そうとする腕は、あんなに長かったっけ?

川地の持っているペンラ、そしてみんなの持っているペンラが美しい光の曲線を描いている。

綺麗《きれい》だ。光って、こんなに優しいのか。俺の光も、届け!


赤木《あかぎ》ユウヤは川地の異変に気づいた。

あいつ、こんなに動きにメリハリあったっけ?

やっぱり渡《わたり》と小林《こばやし》をセンターにしたほうがいいのではないか。ずっと懸念していたけれど、これは。

誰だよ、稽古でできたことしか本番では表現できないって言ったやつ。

いま、川地と共に踊っていることで、自分も腕や、足がこれまで以上に大きく伸び、そして身体能力が突然あがった気がする。

こんなにも、人は、本番で変わるものなのか。

ああ、本気のやつ。しかも超本気のやつがそばにいる。

それは自分を本気にさせてくれる。
なんか、
なんか、
気持ちいい！
時間潰し感覚でヲタ芸に付き合ってきたけれど、こんな気持ちになったのは初めてだ。
俺よりすげえやつはたくさんいる。
まさか、川地、お前もだったのか！
サビ技行くぞ！
テンポよくサンダースネイクをぶちかます！

津川《つがわ》リョウスケはずっとニヤニヤしっぱなしだった。

川地のやつ、今更本領発揮で草。

おせえだろ。

お前わかってる？　たいした成績を残しちゃいないけれど、いちおううちの学校のエースを従えているんだぜ。

お前みたいなずっと座って本を読んでいるようなやつに負けてたまっかよ！

しかしなんだ。

いきなり川地がキレッキレになってムカついたってのに、怒りを通り越して、これは。

めちゃウケる！　なんだこれ。

俺、ずっとイライラしてた。

俺みたいなかわいい男子高校生をポイ捨てしたあの女に。

俺の顔が好きって言って寄ってくる女どもに。

なんにもわかっちゃいねえじゃん。

自分ばっかかか、お前ら、って。

他人なんて見た目でしか判断しやしないじゃんか、って。

でも、俺だって、自分ばっかだ。自分、自分、自分。なんだろう、いま自分が薄れていく。

自分がなくなったとき、思考している自分は、本当の自分なのか?

どうでもええわ!

光の残像よ、でっかく輝け!


宍戸《ししど》ジュンはこの瞬間を待っていた。

最初のサビの前の、個人芸タイムだ。

ここを完璧にやり遂げて、見ている連中全員に思い知らせてやる。

渡や小林みたいな、いかにもなヒーロー顔じゃねえのはわかっているけど、いまってダーク
ヒーローのほうがみんな共感するもんなんだぜ。

完璧な群舞に度肝を抜いているみなさん、よく見ておいてくれよ。

俺たちのこと、ちゃんと網膜に焼きつけろ!

いくぞ!

二谷《にたに》！

二谷キンジは宍戸と共に中心に立ち、一瞬見つめ合ってから背を合わせ、ポーズを決めた。

完璧だ。完璧な静止、そしてやたらめったら振り回しているように見えて、技のサーカスの時間だ！

やっぱり俺たちは最強だろ。

ほらな、宍戸、昨夜ずーっとあーでもないこーでもないって言ってたけどさ、俺たちは本番に強いタイプなんだよ。

だって俺たちが負けたのって、二人三脚リレーだけだぜ。いや、負けたことで、一層俺たち、最強になってるよ。これから先、どんなことがあったって、全然余裕。

宍戸がいるし。俺は宍戸の友達として恥ずかしくないやつでいたい。

背中がぴんと伸びる。

なにも怖くなんかない。

三橋《みつはし》ヨウヘイはステージに立つまで、会場にメイちゃんがいるか、そんなことばかり考えていた。あちこち探しても見つからなかった。

高橋《たかはし》の彼女と一緒にきているはずだ。

もしメイちゃんが宝田《たからだ》のことを好きだったとして、自分はまた失恋だ。

俺が好きになるコはいつだって、俺のことを好きにならない。

憎らしい。

宝田め。

でも、絶対に振り向かせてみせる！　追いかけ回すことより、キラキラして振り向かせてみせるんだ。

絶対綺麗になってやる！

自分が一番かっこいいって思わなくっちゃ、最初に俺を認めるのは、俺自身だ！

腕を掲げ、気を漲《みなぎ》らせ、地に叩き落とす！

お気に入りのロザリオです！


和田《わだ》リツはいま、自分たちだけでなく会場全体が一体となっているのを感じた。

誰も指示していないのに、手拍子が起きだした。

すごい。

俺たちはオーディエンスの手をいつのまにか動かしたんだ。

俺なんて才能がない。誰も感動させることができない。

そんなふうに絶望していたけれど、そんなことはない。

俺だって、まだまだぜんぜんいける。

まだ俺、十八歳になったばかりだ。

まだまだ俺は生きていく。まだまだチャンスも出会いもある。

新しい自分と、いま出会った。

だから、もう一度、やってやる。

ヤマ、プロになろうぜ。絶対に。

弓を引くように、力をこめるように、空気を掘るように！

全員が揃《そろ》えて、アマテラス！


山内《やまうち》ミツルは必死だった。

なにくそ、なにくそ。いつだって焦りまくっている。

ずっと焦っていた。

自分はプロになんてなれないのかもしれない。

才能がないから周りにも才能のないやつしか集まらないって。

でも違うんだ。

それは一見、自分を卑下しているように見えて、自分を守るため、他人を見下していたんだ。

こんなふうにいま、クラスのみんなが一つになって、しかも雨の会場全体を揺さぶっている。

足元が滑る。

焦ったらいけない。

大地をちゃんと踏み締める。

そして、全力でぶつかってやるんだ。

これが終わっても、ずっと。

青山《あおやま》ミキオはいつだって一人になりたくなかった。

ヲタ芸をするのだって、葉山《はやま》まで参加したらハブになる、と恐れたからだった。

でも、そんなこと意味ねーんだよ。

交ぜてって、勇気を出して言えば、輪のなかに入ることはできるんだよ。

自分からちゃんと言えばいい。

拒否られたとしても、別にそんなの気にしないでいいんだ。

だったら別のもっといい場所を探せばいい。

ランダムで学校の教室にぶちこまれていたから、麻痺《まひ》ってたんだ。

一緒に踊っているやつら。そしてたくさんの観客。こんなにも人はいっぱいいる。

だから、必ずどこかに場所はある。

なんでそんなことに気づかなかったんだろう。

気づかせてくれたのが、こいつらなんて、俺、なーんにも見えてなかった。

めちゃめちゃキラキラしてる。ペンラを切り替えて、再び強い光を手にする。さあ、まだまだ行くぞ！


葉山ヒロムは嬉《うれ》しくて仕方がなかった。

みんながやってるからきっと楽しいって思っていたけど、やっぱ最高じゃん〜。

プールで泳ぐのが一番いいって思っていた。

みんなと息を合わせるのとか面倒だし、水泳なら個人プレイでいける。もっと早く、早くと。

でも、こんなふうにやるのも、悪くないな〜。

とにかく、楽しいのが一番なんだって。

身体《からだ》動かしているのが楽しい。

みんなと騒いでいるのが楽しい。

楽しいことばっか。

全然うまくいかなくってやめたくなったこともあったけど、技が決まったときも最高なんだよな。ああ、終わっちゃうのか、夏。

いま、研ぎ澄まされすぎて、やばい！


高橋ハルキは会場内でマサコを見つけた。

そうだ、マサちゃんがどこにいたって、俺にはわかる。

マサちゃん、なに、うちわとか振っているんだよ。

聞いてないよ。

気づくように用意してくれたのかな。

なんて書いてくれたの？

なにか叫んでる？

聞こえないよ。

でも伝わっているよ。

全部わかってる。

俺、マサちゃんのこと、大好きだよ。好きかもって言われたから好きになったんじゃない。キスさせてくれたから好きになったんじゃない。キスしたときに、すごく好きだって、ずっと大事にしたいって、わかったんだ。

だから、たくさん遊びに行こう。一緒にいろんなことをしよう。

なのに、なんでいまが終わっちゃいそうなのが、こんなに。

悲しい？

いや、これって、せつないってやつだ。


浜田《はまだ》マサミチは朝、妹のサユリの顔を思いだした。

そうだ、あのときサユのやつ。

頑張らなくっていいよ、って言ったんだ。

なんでそんなこと、いまから決戦に向かうってのに。

俺が変な顔をしてたからだろう。

悪い意味じゃなくって、お兄ちゃん、わたしのために、ヲタ芸やるとか、無理しないでいいんだよ。

今日で終わりじゃんか。

だってずっとお兄ちゃん、わたしのことを気にしてくれているじゃん。

重いってわけ。

違う。

じゃあなんだよ。
お兄ちゃんの好きにしていいんだってこと！
そんなのわかんねーよ、って思っていたけど、いまわかった。
俺、こいつらと踊るの、すげえ楽しいんだ。
肩も腕も痛《いて》えし、最悪だけど。
サユを心配すること、ぶっちゃけ忘れてるくらいにさ。
バカみたいに、俺が俺の身体から飛びだしてきちゃいそうなくらいに。
さあ次は、最大の見せ場、ネオ・校歌『アオハル讃歌《さんか》』、だ！

石原《いしはら》ヤスユキは時間について考えていた。
ぼくたちは、過去に戻ることはできない。
未来へと進んでいる。
一秒先は、なにが起こるかわからない。
この時間も、終わる。通り過ぎていく。
そして、この音楽が終わるだけで、時間はただ刻まれていく。
自分が時間を追い越すことはない。
新しい事件、新しい流行、新しい物語が生まれては、通り過ぎていく。
誰もが新しいほうへと視線を向ける。
取り残されまいとして。

でも、取り残されることなんて、ない。

ルリルリ。

見ていますか？

全員で、歴史を背負って、前に進みましょう。

終わらせるのではなく、変わっていきましょう。

そして、これまでイチ高が積み重ねてきたものを、忘れないでいましょう。

忘れるのは、悪いことではないけれど、自分を否定するのは、健康的じゃありません。

おじいちゃまの詩に、ぼくらが付け加えた言葉たちが、届いていますか？


渡シロウは会場後方に広げられた横断幕にはっとした。

『炎の男　シローちゃん』なんて書かれている。

サッカー部の連中だ。それ、バスケ漫画だろ。そこはサッカー漫画から引けよ。それに、いままで下の名前を呼んでくれたことなんてなかったじゃないか。

生まれて初めて、親以外に下の名前を呼ばれたよ。

それはクラスのやつらじゃなくって、やっぱりサッカー部の仲間だった。

これまで俺を慕ってくれていた部員たちだった。

俺は、サッカーのために踊った。

全員、俺の邪魔をするな、と思っていた。

クラスの連中にもそう思っていた。

でも、いま踊って、わかった。
全員本気だ。
俺より頑張ってるやつなんていない。
そんなふうに思っていた。
そろそろだぞ。
小林。
もう一度俺に言わせてみろよ。
やるじゃん、って。

小林ダイスケは無我夢中だった。
いま俺は、ずっと思ってきた、アサヒのことを、忘れる。
それは自分がやってしまった罪から逃れるためじゃない。
全部受け入れるために、する。
くそみたいな親父《おやじ》。もう俺のことを認めてくれない母さん。
ずっと足元を掴《つか》まれているような気持ちだった。
正気でいるためには、目の前にいるやつら、全員敵だと思って過ごしてきた。
いま、俺はめちゃくちゃ素直だ。
アサヒ。本当にすまない。
一生俺は、アサヒに憎まれていい。

全部受け入れる。

そして、アサヒ、俺がお前を好きなことだけは、頼む。許してほしい。

この光を、アサヒに見せてやりたかった。

会場にいてくれたら、嬉しい。

傷つけた俺が、こんなにはっちゃけて、楽しんでいることを、どうか許してほしい。

世界は綺麗《きれい》だよ、アサヒ。

光は暗闇があるから、輝くんだ。緩急をつけながら、閃光《せんこう》を走らせる。まるで生き物みたいに、機械みたいに正確に、UFOみたいに不思議な動きと妙に神々しい気配を携えて。

綺麗だなんて、当たり前か。暗いところで光るなんて、普通か。

俺、バカだから。

でも、当たり前のことだけれど、いま、俺が発見したんだ。


沢本《さわもと》カズオミは限界だった。

肩が痛い、痛い、痛い。

ずっと黙っていた。

もう限界だって言ったら、カワちんに迷惑がかかるって。

このままじゃもうカワちんに追いつかない。

カワちん。

追いていかないでよ。

お願いだから。

もう無理だよ。

せっかくここまでついていくことができたっていうのに、もう。

カワちんとぼくは、別々なんだ。

カワちんがぼくを守ってくれたみたいに、ぼくだってカワちんを守るって決めているのに。

そうか。

もうそんなのいらないんだ。

ぼくはぼくで、歩くしかないんだ。

なら。

腕がもげてしまっても、いまは絶対に、このパフォーマンスをやり遂げる。

ぼくは、三下なんかじゃない！

さあ、最後の山場だ。

全員シャツとパンツを脱いで、放り投げろ！

びしょ濡《ぬ》れで、脱ぎにくい。

ひきちぎってやる。

素っ裸になってやれ。

イチ高名物、白ふんどしだ。

川地オサムは体操着を脱ぎ捨て、背を見せた。

もう刻みつけられた言葉は塗り替えられたんだ。

みんなの言葉で。言葉とはなんて強いんだろう。

それはまるで呪いだ。

そして、言葉によってかけられた呪いは、言葉によってかき消される。

大切な人たちの言葉で。

こんなふうに踊るなんて思っていなかった。

とにかく、このままじゃいけない。このままじゃ、自分はずっとなにかに怯《おび》え続けると思っていた。

全員集合して、そして、爆発した。

こんなことが自分にできるとは思っちゃいなかった。

大丈夫だ。なにもかも大丈夫なんだ。

終わって、また始まる。

きちんと伝わる。

あのとき、自分が死にかけたとき、遠くにあった光は、きっと、いまの俺たちが光らせていたんだ。

未来の自分が、俺を呼び止めたんだ。

過去の自分を、いま救おう。

ここまでこい、見たことのない景色が待っているぞ。お前の想像よりもっと広い世界が広がっているぞ。

そのために、この光を捧《ささ》げよう。

そして、これからの自分を誇ろう。いまの俺を、未来の俺が励ましている。

過去も未来も、全部、いまある。

自分史上、一番いま、俺はいい顔しているはずだ。全員を従え、ペンラを天に掲げた。

音楽が終わった。

汗と雨でびしょ濡れだ。身体《からだ》の熱で、湯気が立ち上っている。たぶん、みんなも。

完璧な沈黙が起きた。

どうした?

俺たちは、誰にもなにも伝えることなんてできないのか?

そのとき、
よっしゃー!!

会場から巻き起こる土砂降りみたいな拍手に、川地の叫び声はかき消えた。

ステージにいた男たちだけに聞こえた。挨拶をするのも忘れ、みんな川地のもとに駆け寄った。

ふたたび、あしたのために

川地《かわち》は校舎の廊下を、かつて担任だった西河《にしかわ》と歩いていた。

校舎は、自分が通っていた四年前とまったく変わっていない。

「お前、調子に乗って生徒に話すなよ」

さっきからたびたび西河は念を押してくる。

「話しませんよ」

川地はうんざりして答えた。

「ほんとだな?」

「生徒にやらせようなんてしませんって」

川地は首を回した。

「いま言ったこと、忘れんなよ」

西河は何度言っても納得しようとしない。自分が指導したとでも言ってもらいたいのか。

「もちろん。面倒ですよ。やりたいとか奇特なやつが現れたら考えてもいいけど」

明日は入学式だった。まさか自分がまた、再びこの学校に通うことになるとは。

「わかっているだろうが、教師は授業してれば済むわけじゃないからな。部活の引率だけじゃないぞ。お前もまたこの地獄を味わうのだよ。なにせ富士山に寒中水泳と滝行、若手は必ず引率だぞ」

意地の悪い笑顔を西河は向けた。

「え、まじすか」

川地が立ち止まり、顔をしかめた。

西河は嬉《うれ》しそうに口笛を吹いて歩いていった。

川地が窓のほうを見ると、理事長が花壇の手入れをしていた。

「にしても、教え子が自分の職場にやってきてまた指導するとか、タルすぎるわ。そのくせ、あと何年かしたら。イシハラが留学から帰ってきて、この学校の理事長にでもなられたら、まじで定年までしんどすぎぎんだけど」

川地が追いつくと、西河が言った。

「それは想像してなかった！」

沢本《さわもと》と小林《こばやし》に、あとで教えてやらなくてはならない。今晩久しぶりに会う約束をしていた。いつも練習していた公園で待ち合わせている。

「絶対ヲタ芸のことは生徒にしゃべるなよ！　自分たちが学校を救ったなんて思い上がった考え、すんなよ」

西河は文芸部室の前で別れる寸前までダメ押しした。

「言えっていう前振りみたいじゃないすか」

「ま、これで俺は文芸部の顧問からお役御免だ。あとは任せた！」

川地は文芸部の部室に入った。あいかわらずの埃《ほこり》っぽさで、入った途端、勝手に細胞から若返ってくる錯覚を起こした。

狭い部屋を見渡してから、棚に向かい、一番下の段を確認した。バインダーはまだあった。手にして、しばらく表紙を眺め、開かずに戻した。これはもう、自分に必要なものではなかった。この学校で、あの古臭い校歌を歌い、男だらけの三年間を過ごす者たちのためのものだ。

そして川地は深呼吸して心を落ち着かせてから、掃除用具入れを勢いよくあけた。

そこにはバケツとモップが雑に押しこまれてあるだけだった。

石原ヤスユキ

（イシハラ）

お便りはこちらまで

〒102-8177
富士見L文庫編集部　気付
キタハラ（様）宛
福満しげゆき（様）宛

踊《おど》れ！文芸部《ぶんげいぶ》

著者　キタハラ
イラスト　福満《ふくみつ》しげゆき

2024年11月18日　初版発行

発行者	山下直久
発　行	株式会社KADOKAWA 〒102-8177 東京都千代田区富士見2-13-3 電話 0570-002-301（ナビダイヤル）
デザイン・装丁	bookwall
印刷・製本	大日本印刷株式会社

本書は、カクヨムネクストに掲載された「アオハル！ 踊れ文芸部～男子校、カネも彼女もなかりけり～」を加筆修正したものです。

定価はカバーに表示してあります。

●お問い合わせ
https://www.kadokawa.co.jp/（「お問い合わせ」へお進みください）
※内容によっては、お答えできない場合があります。
※サポートは日本国内に限らせていただきます。
※Japanese text only
ISBN 978-4-04-075605-9　C0093

Printed in japan

本屋に並ぶよりも先に
あの人気作家の最新作が
読める!!
今すぐサイトへGO! ⟶
どこよりも早く、どこよりも熱く。
求ム、物語発生の
目撃者――
カクヨム
ネクスト
Illustration:淵
最新情報は𝕏
@kakuyomu_next
をフォロー!
KADOKAWAのレーベルが総力を挙げて
お届けするサブスク読書サービス
カクヨムネクスト
で検索!